Le cartographe des vents perdus

Roman

Hichem Karoui

Global East-West LTD

Table

À mes sœurs bien-aimées — Latifa, Lilia, Faten et
Awatef —
Les premières cartographes de mon cœur.
Et au peuple de Tunis, avec qui j'ai partagé des an-
nées qui ont façonné mon cœur et ma mémoire.
À la ville dont les rues, les parfums et les silences
respirent comme une âme vivante.

La ville, cependant, ne raconte pas son passé, mais le contient comme les lignes d'une main, écrites dans les coins des rues, les grilles des fenêtres, les rampes des escaliers, les antennes des paratonnerres, les mâts des drapeaux, chaque segment marqué à son tour de rayures, d'entailles, de volutes.

— Italo Calvino, Les villes invisibles

Un homme se met à dessiner le monde. Au fil des ans, il peuple un espace d'images de provinces, de royaumes, de montagnes, de baies, de navires, d'îles, de poissons, de pièces, d'instruments, d'étoiles, de chevaux et d'individus. Peu avant sa mort, il découvre que ce patient labyrinthe de lignes trace l'image de son propre visage.

— Jorge Luis Borges, Le créateur

HICHEM KAROUI

1
Les murmures du passé

Tunis. Fin des années 1970

Karim Mansour se plongeait dans les pages déchirées d'un recueil de poésie soufie étalé sur sa petite table en bois. Chaque vers résonnait d'une élégance à laquelle il ne pouvait prétendre socialement, mais il ressentait un lien profond avec les émotions contenues dans ces mots. La danse délicate des mots lui offrait un réconfort, une échappatoire à sa propre réalité, où les tentatives de connexion humaine se soldaient souvent par un silence guindé. La poésie soufie, avec sa profonde compréhension de la condition humaine, devint son refuge, une source de réconfort et de compréhension dans sa vie solitaire. Alors que l'encre coulait sous ses doigts, il se sentait comme un traducteur silencieux, un interprète des âmes, mais jamais tout à fait lui-même.

Ses traductions étaient méticuleuses, capturant l'essence du mysticisme et du désir qui imprégnaient les textes, révélant des couches qu'il craignait d'exprimer dans la chair.

Tard dans la nuit, alors que la lune projetait des ombres fantomatiques à travers sa fenêtre, illuminant les manuscrits devant lui, il se retrouvait enlacé dans les échos de leurs sentiments. Les vers dégoulinaient d'une mélancolie poignante : un rappel de la chaleur de l'humanité partagée, une chaleur qu'il évitait maladroitement, craignant la vulnérabilité qui accompagnait les relations authentiques.

Même lorsque ses lèvres bougeaient pour prononcer les rimes en silence, son cœur se serrait à la pensée que ces vers parlaient d'amour et d'appartenance. Des concepts qu'il gardait secrets. Chaque strophe lui semblait être un fil qui tirait sur les bords de sa solitude, lui murmurant des promesses d'intimité dont il se détournait instinctivement. Traduire, c'était contrôler une essence intangible ; communiquer, c'était renoncer à ce contrôle, et c'est là que se trouvait le gouffre qu'il n'osait pas franchir, un gouffre rempli de la peur de la vulnérabilité.

Pourtant, ce soir-là, il se sentait différent. Alors que sa plume glissait sur le parchemin, son esprit dérivait vers un souvenir profondément enfoui. Une rencontre fugace avec la gentillesse, il y a des années, qui l'appelait maintenant. Le rire d'amis lointains résonnait dans sa conscience, se mêlant à la poésie qui coulait dans ses veines. Peut-être pouvait-il puiser dans ces vestiges, les laisser se déverser sur ses pages et redonner vie à son cœur désolé.

Mais alors que la lune atteignait son zénith, un son vint troubler sa rêverie : un murmure terriblement familier, qui se faufilait dans le silence de son appartement. Il leva la tête, tendant l'oreille, la sainteté de sa solitude brisée par l'écho d'une voix qu'il croyait oubliée depuis longtemps. Les mots flottaient dans son esprit comme une marée, impossibles à saisir mais impossibles à ignorer. Qui était-ce qui l'appelait depuis les couloirs de sa mémoire, le mettant au défi de dévoiler les liens obscurs de sa vie solitaire et d'entrer dans le potentiel de connexion qui se trouvait au-delà ?

Poussé par un mélange de curiosité et de peur, il mit ses traductions de côté, l'odeur du papier vieilli se mêlant à la légère odeur de jasmin qui flottait à travers sa fenêtre ouverte. Ces murmures délicats ne parlaient pas seulement des transgressions passées, mais aussi des chemins qu'il avait abandonnés. Les fils qui le reliaient au monde extérieur, au-delà de ces quatre murs familiers. La poésie était toujours là, devant lui, mais un besoin grandissant d'explorer au-delà des limites de la traduction surgit en lui, un besoin qui le tiraillait hors de sa zone de confort. Qu'est-ce qui l'attendait dehors, dans le labyrinthe de la médina, s'il osait s'aventurer dans l'inconnu ?

Alors qu'il s'aventurait dans la nuit, le poids de ses traductions inachevées pesait sur son cœur, et le silence profond de son appartement devint un lointain souvenir. Chaque pas qu'il faisait faisait écho à des promesses de liens perdus et de désirs inassouvis, laissant entendre que son silence n'était peut-être pas son seul compagnon. La douce étreinte de l'air du soir suggérait que le destin lui-même était tissé dans la trame même de la nuit, le poussant vers ce qu'il avait longtemps évité : la connexion.

Il ne savait pas encore que le chemin qui s'ouvrait devant lui le mènerait plus profondément dans le labyrinthe, où les murmures du passé s'entremêleraient aux courants d'un destin qu'il ne comprenait pas encore, un destin tissé à partir des fils de ses souvenirs et de ses choix présents.

***

Les vers dansaient sur les pages vieillies comme des spectres surgis de rêves oubliés. Karim se pencha vers les mots, laissant les cadences de la poésie soufie l'envelopper comme un voile vaporeux, doux et insaisissable. Chaque métaphore s'infiltrait dans les recoins de son esprit, insufflant la vie à l'existence solitaire qu'il menait. Une vie passée à se retirer du monde, préférant l'étreinte de l'encre et du parchemin à la complexité désordonnée des relations humaines.

Alors qu'il traduisait des vers complexes sur le divin et le désir de l'âme, il sentit qu'ils résonnaient avec une profondeur qu'il avait longtemps évité d'affronter. Les poètes parlaient d'amour et de désir comme s'il s'agissait de vagues se brisant contre les rivages de leur cœur, et dans leurs mots, il reconnut son propre isolement. Les rimes coulaient comme de l'eau, creusant des sillons dans la roche dure de sa solitude, laissant derrière elles l'écho d'émotions qu'il avait enfouies au plus profond de lui-même. À chaque coup de plume, Karim découvrait le sens des vers, aussi bien que le reflet de son propre parcours mélancolique.

Cependant, alors que les poèmes approfondissaient son paysage émotionnel, ils faisaient également naître en lui un sentiment d'urgence. Ce qui avait autrefois été un sanctuaire était devenu une prison de mots. Magnifique, certes, mais confinée.

Des fragments de sa vie en dehors de l'appartement s'infiltraient dans sa conscience, indisciplinés et perturbateurs. Les rires des enfants jouant dans le quartier de Halfaouine, les arômes alléchants qui flottaient dans les souks voisins, les couleurs vives du marché. Ces souvenirs refaisaient surface comme des échos lointains, noyés sous le poids des vers qu'il traduisait.

Karim se sentait pris au piège d'un paradoxe : la poésie lui offrait un réconfort, mais le rapprochait du précipice d'un monde qu'il avait abandonné. Étaient-ce simplement des murmures du passé, ou l'appelaient-ils vers quelque chose de plus tangible ? Il se demandait si chaque mot traduit était un pas vers la compréhension de lui-même, ou une invitation à s'aventurer dans le chaos vivant qu'il avait longtemps fui.

Alors que le coucher de soleil baignait la ville d'une teinte dorée, la lumière filtrait à travers les fenêtres poussiéreuses de son appartement, illuminant la calligraphie délicate qui ornait les murs. Chaque phrase ornée scintillait comme les sables mouvants du temps, lui rappelant à la fois le caractère éphémère et permanent de son existence.

Le tonnerre grondait au loin, le son ressemblant à des murmures dans une langue qu'il pouvait presque comprendre. Une ligne oubliée d'un poème qu'il avait appris autrefois résonnait en lui :

« Chaque battement de cœur renferme le pouls de l'univers. »

Une décharge électrique le parcourut et Karim comprit que la nuit à venir ne serait pas simplement un autre chapitre consumé dans la solitude. Il sentait l'arrivée de quelque chose de profond, prometteur, mais chargé d'incertitude.

Il ferma les livres et se leva, le poids des émotions inexprimées pesant lourdement dans l'air, tandis que les ombres s'étiraient vers lui comme des doigts l'invitant à avancer. Il sentit l'appel résonner, une exhortation silencieuse à transcender les limites de la traduction pour embrasser la poésie vivante de la vie elle-même. Alors qu'il se dirigeait vers la porte, une pensée surgit avec une clarté obsédante : peut-être que, cachée dans la trame même de la poésie soufie, se trouvait une carte non seulement de la ville de Tunis, mais également des paysages inexplorés de son cœur.

***

L'appartement de Karim symbolisait autant son amour pour la littérature, que la profonde solitude qui l'enveloppait comme l'air épais de Tunis. Niché dans un coin du quartier animé de Halfaouine, son petit refuge surplombait la vie trépidante en contrebas, mais semblait pourtant à des années-lumière. Les murs étaient tapissés d'étagères débordant de volumes poussiéreux de poésie soufie, dont les dos étaient craquelés par des années de manipulation délicate. L'odeur du papier vieilli se mêlait au parfum discret des oranges des marchands ambulants, créant une atmosphère douce-amère qui complétait l'isolement de Karim.

Alors qu'il traduisait les vers complexes de poètes oubliés depuis longtemps, l'encre dansait sous ses doigts, murmurant le langage du désir, de la nostalgie et des liens inassouvis. Chaque ligne lui rappelait sa réticence à s'engager profondément dans le monde et avec les individus qui l'habitaient. Il trouvait du réconfort dans le

rythme des couplets soufis, comme s'ils compre-
naient son besoin de distance, tout en l'invitant
à la connexion humaine. Pourtant, il continuait à
avancer, se perdant fréquemment dans les mondes métaphysiques créés par des poètes comme
Ibn Arabi et Rumi, où l'amour transcendait la
présence physique et où la solitude était célébrée
comme un état divin.

Tout au long de ses journées et de ses nuits tardives, Karim luttait contre des émotions
contradictoires, s'isolant davantage de l'essence
même de la vie qui coulait si librement sous ses
fenêtres. Sa passion pour la littérature lui ser-
vait de bouclier, d'épais rempart qui le séparait
du bruit des interactions humaines. Les habitants
en contrebas animaient les rues de leurs rires,
de leur musique et de leurs conflits, éléments
de l'existence qu'il trouvait aussi fascinants que
douloureusement hors de portée. Il gardait la
poésie près de lui, comme un talisman, croyant
que grâce aux mots et à l'encre, il pouvait comprendre les nuances de la vie, même s'il n'osait jamais les embrasser pleinement. Cependant, alors
que le soleil plongeait sous l'horizon, projetant
de longues ombres sur ses murs, un sentiment
d'urgence rampant commença à s'installer. Les

murmures du passé, les voix résonnantes de la poésie soufie, l'incitaient à forger un lien avant que l'abîme de la solitude ne le consume entièrement.

Ce jour-là, alors qu'il était assis à la petite table en bois éclairée par la lueur vacillante d'une bougie, il sentit une anxiété monter en lui, une pression qui grandissait comme la lune dans le ciel. Chaque instant sans lien, chaque soirée passée au milieu des pages abandonnées, intensifiait le poids de sa solitude.

Il ferma les yeux et écouta la ville respirer, les sons comme un murmure lointain, sa vie faisant écho à des souvenirs fanés et à des folies ir-réalisées. Que resterait-il de lui, se demanda-t-il, lorsqu'il disparaîtra dans l'obscurité ? Cette pen-sée le frappa de plein fouet, lui donnant des fris-sons dans le dos. Ne serait-il qu'une ombre parmi les histoires des autres, une note de bas de page dans les grands récits tissés à travers ses traduc-tions ? Cette pensée le hantait, intensifiant son désir de se libérer des chaînes de l'isolement qui le retenaient prisonnier.

À chaque heure qui passait, l'urgence de-venait plus pressante ; les fissures dans la façade de ses activités littéraires s'élargissaient, révélant le gouffre de solitude qui se trouvait en dessous. Alors que la nuit tombait et que les lanternes s'allumaient en bas, illuminant les rues labyrinthiques de leurs étincelles éparses, Karim savait qu'il était temps de prendre une décision.

Son cœur battait à tout rompre tandis qu'il considérait le texte effacé sur les papiers éparpillés de Horn qui jonchaient son bureau, une tapisserie de l'inconnu, tout comme le tissu de sa propre vie. Il pouvait continuer à traduire, à se cacher derrière les mots et les manuscrits, ou il pouvait oser sortir, pour atteindre la poésie vivante du monde qui l'entourait. Après un dernier regard sur les ombres qui dansaient sur ses murs, il se leva, le cœur battant, prêt à affronter ce qui l'attendait au-delà. Les murmures du passé avaient allumé une flamme en lui, et il ne pouvait plus l'ignorer.

***

2
La villa oubliée

Karim se tenait à l'entrée de la villa, la brise salée de la mer soufflant dans l'air, emportant avec elle les murmures du passé. Il était descendu au cœur d'une splendeur oubliée, où les vestiges de la vie du Dr Elias Horn gisaient, enchevêtrés de poussière et de souvenirs. Alors qu'il pénétrait prudemment à l'intérieur, le sol craquait sous ses pas, écho étouffé de la vie autrefois animée qui avait prospéré ici. D'épaisses vignes rampaient le long des murs fissurés, et des rayons de soleil filtraient à travers les fenêtres brisées, illuminant des grains de poussière qui dansaient comme des esprits agités.

Ce n'était pas seulement la beauté tranquille de la villa en ruine qui avait éveillé l'intérêt de Karim, mais également le potentiel extraordinaire caché dans ses recoins négligés. Il était venu chercher les documents de Horn, dont on parlait à voix basse, convaincu qu'ils détenaient la clé de quelque chose de profond, une compréhension qui transcendait les simples observations météorologiques. Alors qu'il fouillait parmi les vieux meubles et les ombres mouvantes, son cœur s'emballa à l'idée d'une découverte.

Il repéra un vieux bureau en bois, dont la surface était abîmée par le temps, mais qui restait fidèle à sa fonction. Avec précaution, il essuya les couches de poussière, révélant une petite pile de papiers en désordre, attachés par une ficelle effilochée. Alors qu'il les tirait vers lui, une sensation troublante lui parcourut l'échine. Les notes n'étaient pas les enregistrements arides des conditions météorologiques auxquels il s'attendait. Il s'agissait plutôt d'une tapisserie tumultueuse de pensées fragmentées. Ces diagrammes complexes s'entremêlaient et s'enroulaient les uns dans les autres comme les chemins labyrinthiques de la médina.

Il retint son souffle en absorbant les gribouillis : des modèles de vent superposés à des cartes, d'étranges références à la « cartographie Anemoi », qui, selon Horn, pouvait cartographier non seulement les vents physiques, mais aussi les courants mêmes du destin et de la mémoire au sein même de Tunis. L'encre semblait palpiter sous ses doigts, résonnant d'une vérité qu'il pouvait à peine comprendre. Les possibilités se déployèrent dans son esprit, le galvanisant avec un sentiment de mission. Se pouvait-il que Horn n'ait pas simplement disparu, mais ait peut-être démêlé la trame même de la réalité à travers ses explorations ?

Les mains de Karim tremblaient tandis qu'il se plongeait plus profondément dans les papiers, chaque mot agissant comme un fil qui l'éloignait davantage de sa vie banale et l'entraînait dans un tourbillon de questions existentielles. Alors que le crépuscule s'installait, que les ombres s'allongeaient et que les vestiges de la journée s'estompaient dans la pénombre, il sentit le poids du secret peser sur lui. L'odeur du sel marin se mêlait à celle de la moisissure de la villa, créant une tapisserie sensorielle qui le reliait intimement au monde de Horn. Plus il plongeait dans les notes, plus il avait le sentiment d'être non seulement un observateur, mais aussi un participant au voyage obsédant et énigmatique de Horn.

Puis, un bruit soudain brisa le silence. Un bruissement provenant du coin le plus éloigné de la pièce. Le cœur de Karim se mit à battre à toute vitesse. Quelqu'un d'autre était-il entré dans cet espace oublié ? Ou s'agissait-il simplement des échos des souvenirs réveillés par sa présence ? Il resta figé, le corps tendu, chaque muscle le poussant à fuir, mais retenu par une curiosité insatiable. Une ombre passa rapidement devant la porte, disparaissant avant qu'il ne puisse en distinguer la forme. Était-ce seulement le fruit de son imagination, ou quelque chose de plus éthéré ? Il serra les papiers dans sa main, sentant leur importance le traverser comme une décharge électrique.

« Si le travail de Horn est vraiment vivant, murmura-t-il, alors peut-être que son destin était lié à ces courants mêmes. »

Cette pensée le ravissait et le terrifiait à la fois, tandis qu'un sentiment d'urgence montait en lui. Il avait besoin de comprendre, de suivre la piste des connaissances laissées par Horn, et pourtant, quelque chose se profilait à l'horizon qui l'avertissait du prix à payer pour acquérir ces connaissances. La lumière vacillante des bougies projetait des ombres inquiétantes autour de lui, diluant la lumière paternelle de la compréhension avec l'ambiguïté de sombres conséquences.

Alors que les derniers rayons du soleil disparaissaient à l'horizon, Karim fit le choix qui s'imposait à lui : continuer à démêler les fils emmêlés de Horn ou se réfugier dans le confort du connu, loin de la villa où le passé et le présent se côtoyaient dangereusement. L'air s'épaissit d'anticipation, le poussant vers le voyage énigmatique qui l'attendait. Une plongée dans l'inconnu qui promettait l'illumination, mais murmurait la folie. Les échos de Horn l'appelaient, et Karim se sentait vaciller au seuil de la découverte, où chaque choix traçait un chemin dans le labyrinthe complexe de l'existence.

Au moment où Karim franchit le seuil de la villa de Horn, il fut enveloppé par un arôme familier et pourtant étranger. Un mélange de sel marin et de poussière. Il flottait dans l'air comme un vieux secret, murmurant des histoires oubliées im-prégnées de soleil et de décomposition. Chaque pas dans la villa semblait résonner de l'écho des vagues se brisant contre la côte rocheuse, loin-taines mais toujours présentes, lui rappelant le passage implacable du temps de la mer.

Ses sens s'aiguisaient à chaque craquement du parquet, comme s'il portait le poids d'une myri-ade de pas qui l'avaient précédé, chacun tracé par une histoire perdue dans l'éther. Le soleil filtrait faiblement à travers les restes des vitres fissurées, projetant des ombres fragmentées qui dansaient comme des spectres du passé. Des grains de poussière flottaient dans l'air, tourbillonnant paresseusement, s'entremêlant à la brise salée qui soufflait depuis le balcon ouvert. Ce n'était pas juste l'espace physique de la villa qui le captivait ; c'était l'essence même de Horn qui semblait imprégner les murs, un fil invisible le reliant à la figure absente du savant disparu.

Alors qu'il errait dans cette grandeur décadente, la juxtaposition des embruns océaniques et des particules terreuses plongeait son esprit dans une contemplation plus profonde. Quels mystères se cachaient sous la surface de cette beauté fanée ? L'air même semblait respirer un récit de nostalgie et d'abandon, témoignant de l'obsession de Horn pour la compréhension des « vents Anemoi ». Les courants métaphysiques reliant la mémoire, le destin et les chemins labyrinthiques de Tunis.

Karim prit une inspiration, laissant le parfum l'envahir, le laissant se déposer dans ses pensées comme les couches de poussière recouvrant les meubles abandonnés. Chaque inspiration ressemblait à une invocation, comme s'il mettait la villa au défi de révéler ses vérités cachées. Mais plus il sondait, plus il sentait un silence inflexible, un murmure prudent lui rappelant que toutes les questions n'attendaient pas une réponse.

Néanmoins, l'intrigue alluma une flamme en lui, l'incitant à extraire l'essence de l'enquête de Horn alors qu'il passait au crible les papiers éparpillés sur le vieux bureau en chêne. Ses doigts effleurèrent un manuscrit jauni, dont le contenu offrait des indices sinistres sur la cartographie non seulement de la géographie de la ville, mais aussi des chemins labyrinthiques de l'âme humaine.

Soudain, une rafale inattendue balaya la villa, faisant vibrer les volets et lui donnant des frissons dans le dos. Était-ce le vent ou quelque chose de plus ? L'odeur changea, devenant lourde d'urgence et en même temps exaltante, le poussant à lever le voile sur des secrets longtemps enfouis.

Son cœur se mit à battre à toute vitesse à l'idée que la disparition de Horn était peut-être liée à une vérité plus profonde, qui se cachait juste au-delà des limites de sa compréhension. Était-il prêt à affronter ce qui était enfoui dans les confins poussiéreux de cette villa, aussi bien que dans son propre cœur réticent ? La tension s'épaississait dans l'air comme une tempête imminente. Alors que les ombres s'allongeaient et se déplaçaient, il se sentit désemparé, vacillant au bord de la découverte. Pourtant, la simple idée de déterrer le passé le faisait vaciller : et si la connaissance qu'il recherchait était plus qu'il ne pouvait supporter ? Alors qu'il tenait le manuscrit près de lui, la question se posait avec plus d'acuité : cherchait-il la sagesse de Horn ou invitait-il simplement les murmures de l'abîme à souffler dans son âme ?

Alors que Karim était assis sur le canapé en velours défraîchi de la villa oubliée, les échos de la vie du Dr Horn planaient autour de lui comme des ombres dans la lumière vacillante des bougies. L'odeur de moisi du vieux papier et du sel marin se mêlait aux grains de poussière qui flottaient paresseusement dans le soleil de l'après-midi. L'absence de Horn était palpable, une entité presque vivante qui remplissait la pièce d'un air de désespoir et d'émerveillement. Karim la sentait s'infiltrer dans ses os, s'enrouler autour de ses pensées tandis qu'il déballait soigneusement la pile de papiers, chaque fragment étant une pièce d'un puzzle qui semblait respirer le mystère.

Dans sa quête pour élucider le sort de Horn, Karim se retrouva enlacé par les murmures de la connaissance qui ondulaient à travers les pages. Les notes esquissaient une carte labyrinthique des courants. Pas seulement ceux de l'air ou de l'eau, mais également ceux de l'expérience humaine, colorés par le désir et la peur, l'espoir et la perte. Chaque mot portait une lourde implication : rechercher la vérité, c'était risquer de disparaître, comme si l'on sautait dans le vide sans savoir où l'on allait atterrir. Il réfléchit au prix que Horn avait peut-être payé, aux connaissances qu'il avait acquises ou perdues dans son obsession, et se demanda si la quête d'une telle compréhension valait le sacrifice de son existence.

Alors que le crépuscule s'intensifiait à l'extérieur, les pensées de Karim tourbillonnaient. La lumière déclinante jouait des tours aux murs, créant des formes à partir des ombres qui dansaient sans répit. Il médita sur les histoires que Horn avait cherché à raconter, les fils du destin tissés ensemble sous la surface de l'apparent. Qu'est-ce qui avait poussé Horn au bord du précipice de cette exploration métaphysique ? Les doigts de Karim suivirent les courbes délicates du vieil astrolabe, cet outil imparfait qui, selon Selma, pouvait mesurer l'inclinaison des murmures. Il sentit un frisson le parcourir, réalisant qu'il se tenait au bord d'un gouffre. Une décision à prendre : se lancer à la poursuite de l'héritage de Horn pourrait le mener vers des lieux inimaginables, peut-être vers le même destin que celui auquel Horn lui-même avait été confronté.

Le cœur de Karim, effrayé et exalté, se mit à battre à tout rompre. Les courants sous-jacents des notes de Horn l'attiraient, chaque diagramme plus complexe que le précédent, fusionnant les cartes du vent avec le paysage vaste et imprévisible de l'âme humaine. Soudain, il aperçut un mouvement du coin de l'œil. Il se retourna et, l'espace d'un instant, crut voir une silhouette debout dans l'embrasure de la porte, à moitié cachée dans l'ombre, qui l'observait avec une intensité qui électrisait l'air. Mais lorsqu'il cligna des yeux, la silhouette avait disparu, ne laissant qu'un écho persistant de sa présence qui venait troubler le silence.

Le temps s'étira, et avec lui, la pièce sembla se déplacer subtilement autour de lui, comme les vents que Horn avait cherché à cartographier. Des doutes s'insinuèrent dans son esprit. Était-il en train de pourchasser des ombres, comme l'insaisissable Horn avant lui, ou était-il sur le point d'avoir une révélation ? Il s'agissait là de bien plus qu'une simple quête académique ; c'était une exploration de l'existence elle-même.

Alors que le soleil plongeait davantage sous l'horizon, un sentiment d'urgence le traversa. Était-il possible pour lui de suivre le chemin de Horn et d'émerger éclairé, ou allait-il lui aussi se perdre dans les courants Anemoi, devenant à jamais un fantôme dans les salles abandonnées de la villa ? Le poids des questions sans réponse pesait sur lui, le poussant à aller de l'avant, vers l'inconnu.

3
Cartes de l'esprit

En fouillant plus dans le monde mystérieux des papiers du Dr Horn, Karim s'est retrouvé captivé par l'idée fascinante de la « cartographie Anemoi ». C'était un concept aussi insaisissable que les vents eux-mêmes. Cette méthode était censée cartographier, simultanément, et les courants d'air physiques, et les courants du destin, de la mémoire et du potentiel qui se superposaient dans le tissu de Tunis.

Cette cartographie promettait une interaction dynamique entre la perception et la réalité, où l'observateur faisait partie intégrante de l'observation. Chaque fragment des notes de Horn l'éloignait un peu plus de la banalité de sa vie, lui chuchotant une sagesse oubliée qui résonnait avec le rythme de la ville. Karim errait dans les rues labyrinthiques de la médina, chaque ruelle sinueuse semblant se déplacer sous ses pieds, remodelant son sens de l'orientation et son but.

Il avait l'impression de marcher au milieu des échos du passé, l'air chargé des parfums de jasmin et de cumin. Plus il s'aventurait profondément, plus les théories de Horn devenaient tangibles, façonnant l'essence même de son expérience. Pourtant, un doute lancinant le taraudait :

était-il en train de se perdre dans cette quête, ou était-il au bord d'une révélation extraordinaire ?

Les jours se transformèrent en semaines alors qu'il commençait à construire sa propre « carte Anemoi », retraçant les liens entre les gribouillages de Horn et ses propres souvenirs. À chaque endroit qu'il visitait, des éléments de son passé s'entremêlaient avec le présent, lui donnant des frissons dans le dos. Debout devant une fontaine oubliée, nichée dans une ruelle étroite, il entendait de vieilles voix murmurer des vers perdus de la poésie soufie qu'il aimait tant. Était-ce le fruit de son imagination ou la ville qui insufflait vraiment la vie à ses souvenirs ? Chaque visite ressemblait à une énigme qui le rapprochait d'une vérité qu'il ne pouvait pas encore comprendre.

Sa boutique, encombrée de reliques oubliées, semblait être le cœur de la ville, ses murs imprégnés de la sagesse des âges. Elle l'observait avec des yeux qui semblaient percer ses préoccupations terrestres, sa voix était un murmure mélodieux lorsqu'elle parlait des vents changeants. Il ne s'agissait pas seulement des vents physiques qui soufflaient sur la ville, mais des vents métaphoriques du changement, du destin et de la fatalité. Tous ceux qui empruntent les routes d'Anemoi ne reviennent pas inchangés, Karim, l'avertit-elle de manière énigmatique. Certaines cartes mènent aux profondeurs de l'âme, où la réalité et l'illusion s'entremêlent.

Le poids de la connaissance l'envahit, le propulsant vers un précipice qu'il ne pouvait ignorer. Au crépuscule, alors que les ombres s'allongeaient et que les vents se levaient, il se tenait au bord du lac de Tunis, le point de convergence final de Horn se profilant devant lui. Une promesse de clarté mêlée à la peur bouillonnait dans sa poitrine tandis que la lueur de la lune illuminait l'eau. Au-delà de la surface, d'innombrables possibilités scintillaient.

À ce moment-là, Karim sentit le poids de ses choix peser lourdement sur ses épaules. Devait-il compléter la carte, plonger plus profondément dans l'inconnu, ou la briser, préservant ainsi le caractère sacré de sa réalité ? Les vents lui hurlaient de se décider. Alors que les dernières teintes douces du crépuscule se fondaient dans la nuit, Karim fit un pas déterminé vers le lac, poussé par le désir de dévoiler la vérité, mais inconscient du voyage transformateur qui l'attendait.

L'air s'épaissit d'anticipation, teinté à la fois de danger et de beauté, menaçant de le consumer tout entier alors qu'il se préparait à jeter son destin dans les courants sauvages de l'Anemoi.

***

Karim était assis seul dans son appartement faiblement éclairé, les bruits du quartier de Halfaouine flottant à travers la fenêtre fissurée. Les pages devant lui étaient remplies des notes griffonnées par le Dr Horn, des bribes de pensées tissant une tapisserie complexe de curiosité et de désespoir. Le concept de « cartographie des Anemoi » flottait dans l'air comme un parchemin déroulé, titillant les limites de sa compréhension et l'entraînant plus profondément dans le monde énigmatique de Horn.

Alors qu'il rassemblait les fragments, il sentit les contours de ses propres souvenirs s'estomper, le passé se confondant avec le présent. Chaque note résonnait comme l'écho de conversations oubliées, de murmures poétiques qui flottaient dans son esprit comme le brouillard envahissant la ville à l'aube. Le lien entre sa solitude et les théories de Horn commença à se cristalliser : les deux hommes étaient des chercheurs naviguant dans le labyrinthe de la mémoire et de l'identité, à la recherche d'un moyen de cartographier les courants invisibles qui avaient façonné leurs vies.

À chaque instant qui passait, Karim sentait l'attrait de la médina, ses ruelles labyrinthiques l'appelant à emprunter les chemins que Horn avait autrefois explorés. Il se souvint d'un moment de son enfance, où le parfum du jasmin mêlé aux épices l'avait guidé dans une rue étroite. Était-ce un souvenir qui lui était revenu, ou simplement une vision fugace évoquée par les pages devant lui ? Cette idée fit naître en lui un fragile espoir : peut-être pourrait-il percer les secrets enfouis dans les veines de la ville.

Soudain, les fils de la réalité commencèrent à s'effilocher. La lumière vacillante des bougies projetait des ombres qui se tordaient et dansaient le long des murs, donnant vie aux contours indéchiffrables de silhouettes qu'il pensait avoir laissées derrière lui. Il pouvait presque entendre les voix de ses anciens amants et amis lui murmurer depuis les recoins de son esprit, leurs mots empreints de la cadence douce-amère de la nostalgie. Dans sa quête pour comprendre les théories de Horn, Karim avait l'impression de dépasser le voile du temps, entremêlant son propre désir avec la riche tapisserie de ceux qui l'avaient précédé.

Il réprima la peur rampante qui accompagnait ces prises de conscience. La crainte que, peut-être, en poursuivant les idées de Horn, il risquait de perdre complètement son identité. Cependant, cette peur ne fit qu'alimenter son obsession. Les fragments de mémoire contenus dans les notes de Horn commencèrent à se transformer et à s'étendre, lui chuchotant les intersections où le passé et le présent se rencontraient, le poussant à poursuivre sur le chemin précaire de la découverte.

Alors que le crépuscule tombait, un frisson parcourut l'air, emportant avec lui l'odeur de la pluie mêlée à celle, réconfortante, des marrons grillés. Cet arôme raviva des souvenirs de rencontres fugaces et de rires dans les souks animés. Karim ferma les yeux, imaginant un monde qui s'étendait au-delà des limites de son appartement. Dans ce monde, la pluie masquait les frontières du temps, lui permettant de se plonger dans les échos des conversations d'hier.

Poussé par l'urgence de sa quête, il serra les papiers dans sa main. Il se leva, la décision sur le bout de la langue. Il ne se contenterait pas de traduire les mots de Horn. Il s'aventurerait dans la médina, suivant les traces marquées dans les fragments de sa propre mémoire. Ce soir, il tenterait de tisser ensemble les fils disparates du passé, pour comprendre non seulement le destin de Horn, mais aussi le sien.

Mais alors qu'il s'avançait dans l'incertitude de la nuit, une rafale de vent balaya les ruelles, l'enveloppant comme une promesse murmurée, l'incitant à suivre sa direction. Chaque souffle qu'il prenait résonnait avec l'idée que peut-être la connaissance ne se trouvait pas dans les pages de messages fragmentés, mais dans l'acte même de vivre, de relier le disparate, l'éphémère et l'éternel. Le chemin s'ouvrait devant lui, sans doute semé d'embûches, néanmoins éclairé par un attrait indéniable. Il sentait son pouls s'accélérer à l'idée de cette découverte.

Le cœur battant et les sens en éveil, Karim se lança dans un voyage qui pourrait soit démêler les fils qui le liaient au présent, soit briser l'essence même de son existence telle qu'il la connaissait. Les vents de la médina l'appelaient, et avec eux, les murmures de la mémoire qui guideraient ses pas plus profondément dans l'inconnu.

Assis dans son modeste appartement, entouré de livres et de manuscrits, Karim réfléchissait à l'essence même de la traduction. Pour lui, chaque mot était une carte, un labyrinthe de sens qui changeait et se transformait sous le poids du contexte culturel. La poésie soufie, avec ses métaphores complexes et ses allusions au divin, offrait un défi unique. Il ne s'agissait pas simplement de transmettre des mots d'une langue à une autre, mais de saisir l'essence, l'émotion qui insufflait la vie à ces mots. Dans ce processus, il se sentait souvent plus cartographe que traducteur, cartographiant les territoires inexplorés de son propre esprit tandis qu'il naviguait dans les dédales denses de la spiritualité au sein des textes.

Les doigts de Karim suivaient les bords effilochés d'un vers traduit, où il avait eu du mal à trouver l'équivalent parfait d'un seul mot qui portait plusieurs couches de signification culturelle. Il a compris que la traduction, tout comme la cartographie des Anemoi à laquelle il s'attaquait maintenant, était une chose vivante, dynamique et sensible aux vents du changement. Au fur et à mesure qu'il s'enfonçait dans sa tâche, il commença à voir des parallèles entre les anciennes cartes de Carthage et les vers poétiques qui se déroulaient devant lui. Les deux cherchaient à capturer l'intangible, guidant ceux qui osaient s'éloigner des sentiers battus. Chaque carte pouvait mener à des royaumes invisibles, tout comme chaque poème pouvait révéler des vérités surprenantes sur l'expérience humaine.

Mais plus il s'aventurait dans ce labyrinthe de langage et de sens, plus il sentait son attirance vers l'inconnu. Il sentait les échos des recherches perdues du Dr Horn se mêler à ses propres pensées, le poussant à se demander si la traduction pouvait aider à déchiffrer les réalités changeantes de la Cité. À chaque ligne de poésie traduite, un chaos subtil commençait à murmurer à la lisière de son esprit, suggérant que les mots qu'il traduisait n'étaient peut-être pas juste le reflet d'une connaissance singulière, mais les portes vers quelque chose de bien plus profond. Dans le silence rare de son appartement, Karim commença à comprendre que plus qu'un traducteur de textes, il était devenu aussi l'architecte de sa propre carte en constante évolution, et que les choix qu'il faisait, les interprétations qu'il proposait, pouvaient résonner à travers le tissu même du temps et de la mémoire.

Pourtant, une tension inquiétante flottait dans l'air, s'épaississant à mesure qu'il se débattait avec la vérité de ses pensées exploratrices. Si les traductions qu'il rédigeait détenaient un pouvoir allant au-delà de la simple expression, quel prix pourrait-il payer pour cette nouvelle compréhension ? Comme en réponse à sa réflexion, un courant d'air s'engouffra par la fenêtre ouverte, apportant avec lui un soupçon de jasmin provenant des jardins voisins, mêlé à l'arôme de moisi des pages anciennes. C'était un rappel de la ville à l'extérieur, un royaume imprégné de secrets et d'ombres, où chaque ruelle pouvait se transformer en trahison et où chaque tournure de phrase portait le poids du destin.

Alors que Karim se penchait sur son travail, une envie irrésistible s'éveilla en lui. Il ne suffisait pas de traduire ces vers soufis, il voulait aussi les vivre, respirer leur sagesse alors qu'il se lançait dans son propre voyage à travers les contours secrets de Tunis. Avec ce désir qui grandissait dans sa poitrine, il savait qu'il ne pouvait plus se contenter d'interpréter les cartes des autres ; il devait tracer sa propre voie, à travers les mondes entrelacés du langage et du destin, où chaque décision pouvait mener à l'illumination ou peut-être à la folie. À ce moment-là, la tension crépitait dans l'air, le poussant à aller de l'avant, vers ce qui l'attendait dans les profondeurs labyrinthiques de la médina.

4
Le labyrinthe de la médina

Les sons d'un chœur animé, les odeurs du pain tout chaud mélangées à celles des épices et un arc-en-ciel de couleurs ont entouré Karim comme une tapisserie complexe quand il est entré dans la médina. Il cherchait à comprendre les notes éparses du Dr Horn, un chercheur qui avait exploré les courants métaphysiques de la ville.

Les souks bourdonnaient d'une vie propre, chaque tournant des ruelles étroites faisant écho aux pensées labyrinthiques qui tourbillonnaient dans son esprit. Ces avenues animées, à la fois familières et étrangères, semblaient vivantes, comme si elles bougeaient sous ses pieds, le guidant plus profondément dans leurs recoins cachés. Il passait devant des étals décorés de lanternes en laiton et de tapis complexes, les cris des vendeurs ponctuant l'air d'une urgence invitante.

Pourtant, tandis qu'il errait, des ombres de doute s'insinuaient dans son esprit, lui soufflant des questions sur sa quête pour comprendre les notes fragmentées du Dr Horn. Ne faisait-il que poursuivre le fantôme d'un homme qui s'était peut-être perdu dans les profondeurs mêmes de ce labyrinthe ? Cette prise de conscience le rongeait, transformant son excitation en une anxiété oppressante. La médina, avec ses passages secrets et ses avertissements énigmatiques, était un lieu mystérieux et dangereux.

Soudain, un parfum s'imposa à sa conscience, un mélange fugace et puissant de jasmin et de quelque chose de distinctement maritime. Il le poussa vers un passage caché, à peine assez large pour qu'un homme puisse s'y faufiler. Le mystère de ce passage luttait avec sa curiosité. Cependant, il continua, ressentant une étrange compulsion à suivre le chemin où l'air s'épaississait et l'atmosphère changeait.

Une lanterne vacillante devant lui promettait des révélations, mais laissait aussi entrevoir des dangers tapis dans l'ombre. Le cœur de Karim battait à tout rompre alors qu'il pénétrait dans un coin plus calme de la médina, où l'énergie animée semblait s'être retirée, remplacée par un calme inquiétant. Les murs, autrefois vibrants, étaient recouverts d'un voile de poussière, et les souvenirs paraissaient stagnants dans l'air.

Une vieille femme passa en boitant, ses yeux brillants d'une familiarité troublante et complice.

« Vous cherchez des cartes des vents, mais les vents peuvent être traîtres », dit-elle de manière énigmatique, sa voix résonnant comme un écho mêlé au bruissement de vieilles pages.

Il frissonna, sentant le poids de ses mots ébranler sa détermination.

En regardant autour de lui, Karim sentit qu'il n'était pas simplement un visiteur dans cet espace, mais plutôt un participant à une danse ancestrale du destin. À chaque pas, les spirales du souk semblaient l'enchevêtrer dans les fils de l'histoire. Ici, la vérité se confondait avec l'illusion, et le passé lui murmurait des énigmes à l'oreille. Le labyrinthe environnant palpitait, témoin des chercheurs qui avaient erré avant lui, certains revenus, d'autres restés perdus comme le Dr Horn. La médina n'était pas juste un lieu physique, mais un creuset de découverte de soi.

Ses pensées tourbillonnaient au gré du récit changeant de son voyage. Horn était-il un érudit démêlant les courants métaphysiques de la ville, ou avait-il succombé aux profondeurs mêmes de la folie ? Ces questions résonnaient dans l'esprit de Karim alors qu'il tournait au coin d'une rue et que, soudain, l'atmosphère s'épaississait, chargée d'une tension électrique qui lui coupait le souffle. Devant lui, il aperçut une fontaine ornée, qu'il avait remarquée sur les cartes de Horn. L'eau dansait avec une qualité lumineuse, projetant des reflets éphémères qui l'attiraient vers elle. Peut-être que cet endroit dévoilera les secrets que je recherche.

Alors qu'il s'approchait de la fontaine, il se souvint des avertissements de Selma bin Hazm sur les dangers cachés dans la connaissance. L'eau scintillante l'hypnotisa et, l'espace d'un instant, il se sentit enlacé dans son flux, faisant partie des courants en perpétuel mouvement. Pourtant, un frisson lui parcourut la peau, le ramenant à la réalité. Et si c'était un aperçu d'une vérité plus profonde, ou peut-être un mirage qui séduisait les explorateurs jusqu'à les faire sombrer dans l'oubli ? La question résonnait dans sa poitrine, chaque battement lui rappelant prudemment que s'aventurer plus loin pourrait le mener là où la réalité elle-même se dévoilait.

Avant qu'il n'ait le temps de réfléchir davantage, un son aigu rompit sa transe. Une brise légère souffla, apportant avec elle des voix fragmentées derrière lui, fusionnant le passé et le présent en un seul murmure. Se retournant, Karim distingua des silhouettes qui bougeaient juste au-delà des profondeurs scintillantes de la fontaine, des apparitions fantomatiques, des visages qu'il reconnaissait presque, pris dans un moment entre les mondes qu'ils occupaient. Son cœur battait à tout rompre, l'air s'épaississant en une supplication urgente. Tu dois choisir, Karim. Oseras-tu suivre ? La tension dans l'air était palpable, un poids sur ses épaules alors qu'il réfléchissait à son prochain geste.

***

Alors que Karim parcourait les passages complexes de la médina, un monde de contrastes aromatiques l'enveloppait. Les parfums riches et terreux des épices du souk se mêlaient à la fraîcheur de la menthe et au parfum capiteux du jasmin, tissant un filet invisible qui capturait ses sens. Chaque virage qu'il prenait l'entraînait plus profondément dans une existence périphérique, comme si le labyrinthe lui-même orchestrait une symphonie de parfums destinée à guider ses révélations. L'air s'épaississait d'histoires entrelacées dans ces odeurs, chacune racontant une histoire qui faisait écho à son obsession grandissante.

Au fond du Souk el-Attarine, entouré d'innombrables flacons de parfum, Karim se sentit attiré par un arôme particulier, léger et enivrant, un soupçon d'agrumes mêlé à la poussière de l'Antiquité. C'est alors qu'il se souvint des notes de Horn, qui suggéraient que certains parfums spécifiques étaient la clé pour percevoir les couches métaphysiques de la ville.

Les notes fugaces de quelque chose de familier tiraient sur sa mémoire, le poussant à saisir les fils intangibles qui reliaient sa réalité et les théories insaisissables de Horn. L'essence semblait murmurer les secrets du passé, envoyant des frissons de compréhension dans ses veines alors qu'il prenait une profonde inspiration. L'idée que les odeurs pouvaient receler des vérités potentielles commença à galvaniser son imagination.

Si la ville pouvait être cartographiée non seulement à travers ses dimensions physiques, mais également à travers des traces éphémères de parfum, que pourrait-il découvrir ? Il imagina les parfums imprimés sur sa carte Anemoi en pleine expansion, marquant les lieux et les moments où il serait le plus susceptible de faire des découvertes. Autant sur Horn que sur lui-même. Les battements frénétiques du cœur de la ville autour de lui s'estompèrent alors qu'il se plongeait dans cette rêverie aromatique, révélant les liens délicats entre le matériel et le métaphysique.

En continuant à travers la médina, Karim se retrouva à un carrefour, un endroit où les parfums convergeaient avec une précision presque orchestrée. Un riche parfum de figue se mêlait à la vivacité de la cardamome, tandis que loin sur sa gauche venait l'odeur salée et âcre de la mer. Chacun de ces signaux commença à former une impression dans son esprit, résonnant avec l'écho de la voix de Horn parlant de la « cartographie Anemoi ». C'est là, structuré par l'atmosphère même des parfums, qu'il sentit un kaléidoscope de destin se déployer devant lui. Pourtant, au milieu de cette tapisserie parfumée, une tension sous-jacente teintait l'air, un sentiment d'appréhension mêlé à la découverte, comme si la ville elle-même l'avertissait de faire preuve de prudence.

Alors qu'il s'enfonçait dans la ruelle, une rafale soudaine balaya la périphérie du souk, plongeant le paysage sensoriel dans le chaos. Les vents métamorphiques transportaient des parfums à la fois familiers et étrangers. Dans le tourbillon des fragrances, Karim ressentit un profond changement, comme si la réalité elle-même pesait sur lui, exigeant d'être libérée. Il y eut un moment de clarté au milieu de ce tourbillon enivrant : les souvenirs des silhouettes qu'il avait aperçues dans le labyrinthe refirent surface. Des ombres vacillaient à la périphérie de son champ de vision, lui rappelant des témoins d'une autre époque. Étaient-ils les échos de ceux qui avaient cherché le même chemin que Horn et s'étaient perdus dans les frontières floues du labyrinthe olfactif de la ville ?

Soudain, une voix familière, mais étrangement insaisissable flottait dans l'air. Une ligne de la poésie soufie qu'il avait autrefois traduite, résonnant sans interruption dans les vents chargés de parfums, son ton imprégné d'un sentiment d'urgence. Ce n'était pas simplement le passé qui se répétait ; c'était une invitation, un défi. Le cœur de Karim se mit à battre à toute vitesse lorsqu'il réalisa qu'il ne pouvait pas se contenter d'observer, mais qu'il devait s'engager. Les imperfections de la carte de Horn commencèrent à se cristalliser en une compréhension plus profonde. Il faisait partie de ce labyrinthe, il faisait partie de son pouls. Mais, à mesure que les parfums s'intensifiaient, le poids de ses choix s'alourdissait également. Allait-il suivre le chemin tracé par Horn, conscient de la frontière ténue entre l'illumination et la folie qui existait dans les replis de ces courants parfumés ?

Alors que les chemins changeaient sous ses pieds, Karim se tenait au bord d'un précipice, entouré d'une myriade de parfums. Le temps semblait s'être ralenti, et le monde était à la fois vibrant et menaçant. Chaque parfum détenait une clé, une réponse intimement liée à son destin. Pourtant, une pensée troublante le pesait lourdement : et si déchiffrer ces mystères olfactifs ne le menait pas à la compréhension, mais à un piège éternel ? Avec les silhouettes sombres qui persistaient à la lisière de sa perception, il se prépara : d'une main, il s'accrochait aux fils effilochés de l'héritage de Horn, et de l'autre, il cherchait à atteindre la réalité insaisissable du labyrinthe, remplie de parfums.

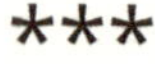

Les ruelles sinueuses de la médina murmuraient des secrets, leurs pavés irréguliers rappelant doucement les chemins moins fréquentés. Alors que Karim déambulait parmi les étals chargés d'épices et de textiles, il ne pouvait se défaire de l'impression que les murs eux-mêmes l'observaient, bougeant subtilement à l'arrière-plan de sa conscience. Chaque courbe et chaque coin semblaient vivants, comme si l'essence même de la ville scrutait ses intentions, cartographiant l'intersection du destin et de la perception.

À chaque parfum fugace, à chaque arôme capiteux de jasmin mêlé à la poussière des livres anciens, Karim trouvait en lui l'écho des théories de Horn. Les souks devenaient une tapisserie d'expériences sensorielles ; chaque son et chaque odeur était un fil tissé dans le tissu de sa réalité. Pourtant, il sentait une tension croissante dans ce récit tissé, un courant sous-jacent qui lui échappait. Était-ce simplement le frisson de la découverte, ou la médina recelait-elle une vérité plus profonde, qui repoussait les limites de sa compréhension ?

Alors qu'il s'aventurait plus profondément dans le labyrinthe, un havre d'ombres et de lanternes vacillantes, Karim tomba sur une cour cachée où l'air était chargé de mystère. C'est là, pensait-il, que se trouvait le cœur des conceptions de Horn, un lieu où convergeaient les vents métaphysiques. Le cœur battant, il sortit la carte en lambeaux, dont les bords étaient effilochés par des recherches incessantes et des escarmouches pleines d'espoir avec le destin. Il illumina des marques spécifiques avec des doigts tremblants, sentant l'attraction de l'invisible qui encerclait ses pensées et ses ambitions comme un nœud coulant. Qu'est-ce qui se cachait au cœur de cette équation qu'il avait involontairement mise en mouvement ? Était-il simplement un traducteur des échos de Horn, ou était-il devenu un acteur sur cette scène de perceptions tourbillonnantes ?

Et puis, avec une urgence inattendue, il surprit une conversation qui flottait dans l'air. Deux marchands discutaient non pas de marchandises, mais d'une vieille légende entourant le souk même où il se trouvait.

Leurs paroles ont déclenché quelque chose de primitif en lui : l'idée que la médina était vivante, qu'elle avait la capacité de refléter les tourments et les désirs intérieurs de chacun. Cette prise de conscience l'a frappé comme un coup de tonnerre. Avait-il facilité son propre labyrinthe, en construisant des murs de perception qui l'enfermaient désormais ? Comment pouvait-il s'échapper du labyrinthe même qu'il cherchait à cartographier ? L'intensité du moment a atteint son paroxysme lorsqu'il a aperçu une lueur.

Une silhouette se découpait sur le fond du souk animé. Surpris et captivé, Karim s'approcha, sentant une attraction inexplicable. La silhouette portait une cape en lambeaux qui rappelait celles des anciens érudits soufis. Cependant, son visage était obscurci, ce qui le plongea encore plus dans la confusion et la curiosité. Était-ce une manifestation de la sagesse de la médina, ou simplement le spectre de ses propres pensées confuses ?

Au moment où il tendit la main vers la silhouette sombre, la foule se mit à bouger, ondulant comme le vent dont Horn parlait si souvent. Les voix se confondirent en une cacophonie qui l'engloutit. Les pensées se bousculaient. Les questions restaient sans réponse. Était-il sur le point de dévoiler une vérité essentielle, ou sa quête s'était-elle retournée contre lui, révélant les limites de sa compréhension ?

Soudain, l'air s'épaissit et il sentit le poids de la ville peser sur lui, l'atmosphère chargée d'une énergie invisible qui menaçait soit de révéler les mystères qu'il recherchait, soit de le plonger dans un abîme de folie encore plus profond. Lorsqu'il regarda à nouveau, la silhouette avait disparu, se glissant dans les méandres des chemins labyrinthiques comme un souvenir se dissolvant dans l'étau du temps.

À ce moment-là, l'urgence s'installa dans ses os. La convergence dont Horn avait parlé se profilait devant lui, un seuil au-delà duquel se trouvait l'inconnu, et Karim comprit que le simple fait de cartographier les vents ne suffirait pas. Il avait un choix à faire : embrasser les chemins inconnus qui s'ouvraient devant lui ou se replier dans sa solitude familière. Les échos de la médina pesaient sur son esprit, chaque murmure le poussant soit à sauter, soit à se recroqueviller dans l'ombre.

***

5

Les énigmes de Selma bin Hazm

Karim poussa la porte grinçante de la boutique d'antiquités de Selma bin Hazm et se retrouva plongé dans un nuage de poussière et de temps. L'air était chargé d'une odeur de cuir vieilli, d'épices et d'un soupçon de jasmin qui semblait s'attarder dans les coins comme une promesse murmurée. La boutique, véritable caverne d'Ali Baba remplie de bibelots et d'objets insolites usés par le temps, exerçait un attrait inexplicable qui poussait Karim à s'enfoncer plus profondément dans ses profondeurs mystérieuses.

Selma, une silhouette tissée à partir du tissu des souvenirs, le regarda avec des yeux qui brillaient d'histoires inédites. Elle se tenait derrière un comptoir encombré d'une multitude de reliques : des céramiques ébréchées, des textiles délavés et des astrolabes en laiton qui semblaient danser dans la lumière filtrant à travers les vitres tachées par le temps. Sa présence dégageait une profonde sagesse, une connaissance des âges qui piquait la curiosité de Karim.

« Tu cherches ce qui est caché », dit-elle d'une voix mélodieuse et énigmatique, « mais prends garde. Le trésor que tu trouveras pourrait consumer ton essence même. »

Tandis qu'elle parlait, l'ambiance changea, et Karim pouvait presque entendre les doux murmures de la ville à l'extérieur, comme si les murs étaient animés par la mémoire de ses habitants. Il sentit le poids du regard de Selma, la profondeur de la connaissance dissimulée dans ses énigmes ludiques.

« Écouter le souffle de la ville, continua-t-elle, ses doigts effleurant le bord d'un astrolabe poussiéreux, c'est en comprendre les secrets. Mais, sache ceci : certaines cartes tracent des territoires d'où tu ne pourras pas revenir. »

Ses mots étaient lourds de danger, d'un sentiment d'appréhension qui ajoutait un frisson à l'exploration de Karim.

Intrigué et inquiet, Karim se rapprocha tandis que Selma dévoilait un ancien instrument en laiton, dont la surface était abîmée, mais brillait encore d'un éclat envoûtant.

« C'est une carte des murmures », expliqua-t-elle, l'astrolabe incarnant les imperfections de la connaissance et de la perception. « Elle ne trace pas les étoiles. Elle trace les âmes qui errent dans cette ville labyrinthique, dont tu dois entendre les échos si tu veux naviguer vers ton destin. »

Il tendit la main, le métal froid lui semblant étranger au toucher, un frisson à la fois dangereux et exaltant le parcourant.

« Et si je trouve quelque chose que je ne peux pas comprendre ? » murmura Karim.

Le sourire de Selma s'élargit, un pli complice se formant au coin de ses yeux.

« Ah, mon cher traducteur, c'est là que réside tout le problème. »

Les étagères semblèrent bouger légèrement lorsque l'astrolabe lui échappa des mains et tomba en spirale. À ce moment-là, les murmures de la Cité s'intensifièrent, tourbillonnant autour de lui comme une tempête. Karim aperçut des ruelles tortueuses qui n'avaient jamais existé auparavant, et les ombres vacillantes de silhouettes disparues depuis longtemps dansaient à la périphérie de son champ de vision.

« Tu dois choisir, Karim », insista Selma, sa voix désormais semblable à une ombre, résonnant avec urgence. « La Cité a ses propres intentions, et le temps va et vient comme les marées. »

Le cœur de Karim battait à tout rompre tandis qu'il contemplait les histoires tissées dans les profondeurs de la boutique de Selma. Les reliques antiques témoignaient d'innombrables vies et secrets, chacune ayant le potentiel de le libérer ou de le lier. L'astrolabe gisait à ses pieds, son mécanisme murmurant encore les connaissances acquises et perdues. Dans cette atmosphère chargée, avec la Cité qui respirait autour de lui, il ressentit le besoin de suivre la carte des murmures. La question de savoir s'il en ressortirait éclairé ou piégé planait de manière inquiétante sur chacune de ses pensées.

***

La boutique de Selma bin Hazm était un véritable labyrinthe, chaque étagère regorgeant de reliques murmurant des histoires issues de siècles oubliés. La lumière tamisée vacillait sur les artefacts poussiéreux, projetant des ombres qui dansaient comme des spectres sur les murs.

Lorsque Karim entra, il ressentit un poids invisible, une atmosphère chargée de secrets et de vérités tacites. Le tintement délicat d'un carillon éolien rompit le silence pesant, et Selma leva les yeux de derrière un comptoir encombré de textiles délavés et de céramiques ébréchées, ses yeux brillants d'une sagesse ancienne et d'une malice espiègle.

« Bienvenue, chercheur de murmures », dit-elle d'une voix mélodieuse mêlant l'âge et la grâce. « Es-tu venu pour écouter ? »

Karim resta immobile, l'écho de sa question résonnant en lui. Il acquiesça, sentant qu'il était entré dans un espace où l'essence de la ville palpitait comme une entité vivante, attendant qu'il s'accorde à ses rythmes subtils. C'était ici qu'il apprendrait l'art de percevoir le souffle de la ville. Ses flux et reflux, ses révélations silencieuses.

Selma le guida vers une petite chaise en bois finement sculptée dans un coin de la boutique.

« Assieds-toi et écoute attentivement », lui dit-elle d'un ton à la fois doux et autoritaire. « La ville parle dans des murmures et des soupirs, et c'est dans ces sons que tu découvriras les chemins invisibles. »

Karim se pencha en arrière, ferma les yeux et s'accorda aux innombrables sons qui s'échappaient des rues animées au-delà du seuil de la boutique. Le cliquetis lointain des charrettes, les cris rythmés des vendeurs et le bruissement des tissus lorsque les passants effleuraient les murs de la médina.

Alors qu'il était assis, plongé dans la symphonie de la ville, il comprit que chaque son n'était pas seulement un bruit, mais un fil tissé dans le tissu de la vie tunisienne. Un moyen de relier le passé au présent.

« Entends-tu le jasmin fleurir dans l'air ? » demanda Selma, sa voix le tirant de sa rêverie. « Il porte les murmures des amoureux et des poètes, comblant le fossé entre ce qui a été et ce qui est à venir. »

Karim respira profondément, le parfum du jasmin se mêlant à l'odeur du sel de la mer, une note obsédante de nostalgie tirant sur les coins de sa conscience.

Selma continua, ses mots tissant une tapisserie d'interconnexions qui remua quelque chose au plus profond de lui.

« Chaque ruelle a une histoire, chaque coin de rue une énigme. À mesure que les vents tournent, les chemins de ceux qui arpentent ces rues changent aussi. Écoute leurs récits ; c'est seulement ainsi que tu trouveras le tien. »

Le cœur de Karim s'emballa tandis qu'il réfléchissait à ce qu'elle venait de dire. S'il pouvait s'harmoniser avec le souffle de la ville, peut-être que les théories énigmatiques de Horn s'éclairciraient, révélant non seulement le discours de la ville, mais aussi sa place en son sein.

Pourtant, sous la surface sereine de la sagesse de Selma se cachait un courant troublant, un soupçon de danger mêlé à l'illumination.

« Mais souviens-toi, chercheur, avertit Selma, le regard aussi tranchant qu'une lame, certaines cartes tracent des territoires d'où l'on ne peut revenir. Plus tu t'enfonces dans ces murmures, plus ils risquent de t'emprisonner. »

Un frisson lui parcourut l'échine et quelque part dans les recoins de son esprit, le doute commença à se mêler à son ambition.

Le pouls de Karim s'accéléra ; il sentait qu'un jugement approchait. Cette danse avec le souffle de la ville n'était pas seulement une exploration, mais une marche sur la corde raide entre révélation et péril. Alors que le brouhaha de la ville semblait atteindre son paroxysme, il sentit en lui un élan qui promettait la découverte, mais qui menaçait de le plonger dans des profondeurs qu'il ne serait peut-être pas capable de naviguer. L'équilibre entre ambition et prudence vacillait dangereusement sous ses pieds. Allait-il émerger avec les vérités qu'il recherchait, ou allait-il se retrouver perdu, englouti par les mystères mêmes qu'il aspirait à déchiffrer ?

À ce moment-là, l'air autour de lui devint dense, chargé de possibilités, et il comprit que les énigmes de Selma n'étaient que le début d'un voyage qui pourrait changer le cours de son existence. Le poids de ses avertissements pesait lourdement, s'entremêlant à un désir grandissant de découvrir les cartes cachées de la ville, de tracer les lignes qui convergeaient vers son destin. Avec le souffle de la ville résonnant dans ses oreilles, Karim réalisa qu'il se tenait au bord d'un horizon inconnu, oscillant entre les limites sûres de sa réalité et les incertitudes sans limites qui l'attendaient.

Lorsque Karim entra dans la boutique d'antiquités de Selma bin Hazm, l'air s'épaissit, tourbillonnant de particules de poussière qui dansaient paresseusement dans les rayons du soleil filtrant à travers les vitres sales. Chaque objet sur les étagères grinçantes semblait murmurer des histoires oubliées, désireux d'être entendu. Pourtant, parmi les textiles défraîchis et les céramiques ébréchées, un objet se démarquait. Un astrolabe terni, ses motifs complexes abîmés par le temps. Selma, ses cheveux argentés encadrant son visage ridé, observait Karim avec une intensité qui suggérait qu'elle attendait avec impatience sa réaction.

« Ah, l'astrolabe, dit-elle doucement, sa voix résonnant comme un écho mélodieux. Il mesure l'inclinaison des murmures, mais il est imparfait dans son objectif, tout comme nous. »

Karim sentit un frisson le parcourir. Il tendit la main, le métal froid lui envoyant une décharge électrique dans les doigts. La surface de l'astrolabe scintillait, révélant des inscriptions qui brouillaient la frontière entre la science et la divination. C'était comme si l'appareil murmurait des secrets, l'invitant à se joindre à sa danse mystérieuse de navigation et de destin.

Selma sourit d'un air entendu.

« Cet instrument ancien n'avait pas été conçu uniquement pour cartographier les étoiles, mais aussi pour démêler la trame même de la connaissance et de la perception. Que cartographions-nous, sinon les contours de notre compréhension, qui nous égarent souvent ? »

Karim, de plus en plus attiré par son monde d'énigmes, approcha l'astrolabe de lui, son artisanat imparfait bourdonnant de promesses. Il ressentit une attraction magnétique vers son but mystérieux, un désir ardent de saisir les fils de la réalité qui s'entremêlaient dans l'air autour de lui.

Pourtant, un doute lancinant obscurcissait ses pensées. Cet astrolabe défectueux pouvait-il devenir un simple écho de ses propres perceptions erronées ? Était-il destiné à mal comprendre les théories de Horn, à se perdre dans un labyrinthe de demi-vérités et de mythes ? Alors que Karim réfléchissait à ces questions, l'agitation de la ville à l'extérieur se confondit avec la voix de Selma.

« Souviens-toi, tous ceux qui recherchent la connaissance ne trouvent pas forcément la clarté. Certains chemins ne mènent qu'à des ombres, enchevêtrées de désespoir. »

Le poids de ses mots pesait sur lui, un avertissement sinistre teinté d'une urgence qui lui donna des frissons d'anxiété dans le dos.

Pourtant, il restait fasciné, l'astrolabe étant un phare de possibilités promettant un aperçu de vérités plus profondes. Alors qu'il était sur le point de céder à son appel, une soudaine rafale de vent balaya la boutique, éteignant la faible flamme de la lampe à huile posée sur le bureau de Selma. L'obscurité enveloppa la pièce et le silence tomba comme un linceul ; le doux bourdonnement de la ville fut suspendu dans un suspense collectif.

Le cœur de Karim battait à tout rompre, et il serra l'astrolabe plus fort, le calme soudain créant une tension inquiétante. Il pouvait entendre d'étranges échos dans le silence, des murmures qui tiraient sur sa conscience, le narguant avec des intuitions à moitié formées sur ce qui l'attendait.

« Selma ? » appela-t-il, la voix tremblante.

Il n'y eut pas de réponse, et l'air s'épaissit, l'étouffant d'incertitude.

Déglutissant péniblement, Karim tituba en arrière, se réalignant avec la lumière oblique qui filtrait à travers les interstices des volets. Lorsque Selma réapparut de l'ombre, son expression était indéchiffrable et un voile de mystère masquait son regard.

« Souhaites-tu tracer ta route, Karim ? » demanda-t-elle. « Mais attention, il existe des cartes dont on ne revient pas. »

Son souffle se coupa à cette déclaration inquiétante, et le poids de l'astrolabe dans ses mains lui sembla soudain être un jugement. Était-il prêt à affronter les profondeurs incertaines de l'héritage de Horn, ou était-il en train de s'exposer à la folie ?

Dans l'obscurité persistante, la tension l'enveloppait comme un nœud coulant qui se resserrait, lui murmurant à la fois des promesses et des menaces. Le choix se profilait comme un chemin inconnu devant lui, oscillant entre réalité et illusion. Karim savait qu'il se trouvait au bord du précipice de la compréhension. Pourtant, un faux pas pouvait le plonger dans l'abîme d'un destin qu'il ne pouvait ni prévoir ni contrôler.

***

6

La marée et le temps

L'horizon semblait se courber et scintiller tandis que Karim se tenait sur la jetée délabrée qui surplombait les vagues déferlantes de La Marsa, un mirage qui le narguait avec des secrets hors de portée. Le soleil plongeait dans le ciel, projetant une lueur dorée sur l'eau, mais tout ce sur quoi il pouvait se concentrer, c'étaient les notes fragmentées du Dr Horn, son mentor et guide, qui tourbillonnaient dans son esprit.

Chaque mot griffonné devenait un écho curieux dans le vent, le taquinant avec la promesse d'une révélation tout en lui échappant comme une brise insaisissable.

Au loin, le contour de l'horizon se fondait en une ligne floue, une division perpétuelle entre le monde connu et le vaste territoire inexploré des théories de Horn. Karim se souvint de la carte, des diagrammes complexes qui dessinaient des lignes de possibilités dans le tissu même de la géographie de Tunis. Il ressentit une forte urgence, une tempête en lui qui reflétait les vagues imprévisibles s'écrasant contre la jetée, rejetant le calme auquel il aspirait. L'attrait de l'inconnu, le territoire inexploré des théories de Horn, était un appel de sirène auquel il ne pouvait résister.

Alors que le sirocco commençait à souffler, apportant avec lui un tourbillon de sel et d'épices, le cœur de Karim s'accéléra. Le vent évoquait un sentiment de reconnaissance glacial, faisant resurgir des souvenirs longtemps enfouis, comme du bois flotté échoué sur le rivage. Chaque rafale transportait les murmures des voix du passé. Les récitations solitaires de poésie soufie se mêlaient au bruit agité de la ville, créant une symphonie de nostalgie et de possibilités de liens perdus, en particulier avec son père décédé. La ville semblait vivante, respirant avec les souvenirs, et Karim ne pouvait se défaire du sentiment qu'elle était à la fois familière et étrangement inconnue. Il ferma les yeux un instant, laissant le sirocco l'envelopper, comme s'il l'incitait à plonger plus profondément dans le labyrinthe du temps et de la perception dont Horn avait fait allusion. Ce concept examine la nature subjective de la réalité et l'impact de la mémoire sur notre perception du monde.

C'était ici, à la jonction entre la terre et la mer, qu'il pourrait affronter non seulement la figure de Horn, perdue dans les ombres de sa propre obsession, mais aussi les marées tourbillonnantes de son propre destin. Oserait-il naviguer dans ce maelström, sachant qu'il recelait le pouvoir de modifier la carte même de sa réalité ?

À chaque vague tumultueuse qui s'écrasait contre la jetée, celle-ci ressemblait moins à une barrière qu'à une invitation. Pour la première fois, le frisson de l'exploration se heurtait au poids de l'incertitude. Karim comprit que suivre la voie de Horn l'obligerait à abandonner les rivages de la normalité. Alors que le sirocco hurlait de plus en plus fort, le poussant vers le bord, Karim saisit sa carte improvisée, dont les bords flottaient comme des ailes nerveuses. Ces vents convergents allaient-ils le mener vers la clarté ou le noyer dans le chaos ?

Alors que l'horizon vacillait et se tordait devant lui, Karim sentit que le temps lui-même lui tendait la main à travers le tumulte. Un fil invisible reliait le passé au présent, lui murmurant la promesse d'une réponse longtemps recherchée. L'air s'épaississait de possibilités, chaque rafale l'invitant soit à se lancer dans l'inconnu, soit à se replier vers la sécurité familière de sa vie quotidienne. Mais le vent tournait, et à ce moment où il se tenait en équilibre précaire au bord du précipice, Karim sentit l'appel vibrant d'une aventure qui le mènerait soit vers des révélations insondables, soit vers les profondeurs de la folie.

Alors que Karim se tenait sur le rivage balayé par le vent de La Marsa, un malaise inquiétant s'insinua dans ses os. La lumière du soleil scintillait sur les vagues, déclenchant en lui une tempête de souvenirs. Il pouvait les sentir tourbillonner comme la mer, pris dans l'emprise d'une tempête qui n'était pas encore arrivée. À chaque respiration, l'air frais transportait l'odeur du sel et de la nostalgie, faisant resurgir des fragments de son passé enfouis sous le poids de l'existence quotidienne. Le poids de ses souvenirs était un fardeau dont il ne pouvait se débarrasser.

Il se souvenait d'un après-midi de son enfance, un jour très similaire à celui-ci, où le ciel s'était assombri de manière inattendue. Les nuages filaient, comme s'ils étaient dans une course contre la montre, entraînant avec eux un chœur de vents qui dansaient autour de lui comme de vieux amis. Sa mère évoquait les conditions météorologiques comme si elles étaient dotées d'une existence propre, chaque variation de température traduisant non seulement l'état du monde extérieur, mais également les sentiments profondément ancrés dans leurs cœurs.

« Les tempêtes sont des souvenirs », disait-elle. « Et les jours calmes, ce sont des moments qui s'attardent, parfaitement encapsulés. »

Maintenant, alors qu'il suivait des yeux les motifs complexes des notes de Horn, il comprenait trop bien le lien entre les conditions météorologiques et la mémoire. Les changements climatiques avaient une façon particulière de faire resurgir des sentiments longtemps oubliés. Ces sentiments réveillés avaient été émoussés par le temps. Le sirocco imminent éveillait en lui quelque chose qui s'apparentait à de la peur. Ce n'était pas juste à cause des vents chaotiques qui allaient suivre, mais également à cause des souvenirs qui allaient refaire surface, des révélations inattendues qui l'attendaient. Le temps, tel un maître marionnettiste, façonnait ses pensées et ses souvenirs.

La mer rugissait comme un avertissement tandis que des nuages sombres s'amassaient à l'horizon, imposants et inquiétants. Karim se souvint des théories de Horn, qui croyait que le temps était l'incarnation de la connaissance et que l'air même qui enveloppait Tunis était un réservoir de vérités émotionnelles. Se pouvait-il que les tempêtes portaient le poids des occasions manquées, tandis que le ciel clair offrait des promesses ?

Alors que les vents commençaient à tourbillonner, Karim ferma les yeux. Il s'abandonna à la brise marine parfumée, chaque rafale lui racontant des histoires tissées dans le tissu même de l'histoire de la ville. Les cris des pêcheurs résonnaient dans l'air, leurs filets prêts à danser une fois de plus au bord de l'incertitude.

Le cœur de Karim battait à tout rompre ; la tension reflétait la surface agitée des vagues. Était-ce simplement le temps, ou l'atmosphère portait-elle les murmures du passé, l'incitant à réfléchir à son propre chemin ? À chaque rafale, il sentait un poids peser sur lui, une invitation à affronter ses souvenirs et à examiner les choix qu'il avait faits, tous liés à la ville et à l'héritage de Horn.

Lorsque la première goutte de pluie tomba, peignant le sable sec, il sentit un changement ; un souvenir effleura sa conscience. Un sentier caché dans la médina, une conversation décourageante avec Selma. Qu'avait-elle dit à propos de la difficulté des cartes invisibles ? Il se souvint de l'étrange sensation du temps qui se repliait sur lui-même pendant ces promenades labyrinthiques. Les murs de la médina semblaient vibrer de vie alors que la tempête se préparait au-dessus de lui, mettant au point ses propres souvenirs enchevêtrés et façonnant de nouvelles vérités auxquelles il devait encore faire face.

Ressentant à la fois de la peur et de l'exaltation, Karim réalisa qu'en recherchant les connaissances cachées de Horn, il avait involontairement mis au jour ses propres souvenirs émotionnels, chacun lui revenant en écho à travers la fureur de la tempête. Les vents entrelacés avec les nuages reflétaient les contours de son âme, le laissant au bord de la découverte. Était-il prêt à affronter les confrontations que ce temps lui réservait ? Était-il prêt à naviguer dans sa propre tempête émotionnelle tout en démêlant les mystères laissés par Horn ?

Le tonnerre grondait au loin, comme en réponse à sa tempête intérieure, et il comprit qu'il ne s'agissait pas d'un front météorologique ordinaire. L'air s'épaissit d'anticipation, tandis que les souvenirs s'entremêlaient au poids de la connaissance qui s'étendait devant lui comme un horizon infini. Tout autour de lui, La Marsa se transformait, révélée sous le tumulte des nuages ; ici se trouvait un creuset du temps, où il devait affronter les réponses qui se cachaient sous la surface. Ici, alors que les vents hurlaient comme des esprits anciens, il allait découvrir s'il pouvait naviguer dans la tempête ou s'il allait succomber aux souvenirs mêmes qu'il cherchait à démêler.

***

Alors que le soleil plongeait derrière l'horizon, un souffle chaud du vent du sirocco murmurait à travers La Marsa, enveloppant Karim comme un linceul fantomatique. Il se tenait sur la jetée en ruine, les planches craquant sous son poids, une symphonie de bois et de temps révélant les secrets dont elle avait été témoin. L'air était chargé de l'odeur du sel marin et du jasmin. Ce mélange enivrant rappelait des souvenirs oubliés et des significations multiples. Le vent fit bruisser ses papiers, envoyant ses notes soigneusement rangées dans le chaos, mais au milieu de ce chaos, il ressentit une étrange sensation de clarté.

Le sirocco était tristement célèbre. Une tempête qui apportait en plus de la chaleur, des histoires venues de contrées lointaines. Il tourbillonnait avec le poids de l'histoire et la légèreté de l'espoir. L'esprit de Karim s'emballa alors qu'il se rappelait les réflexions du Dr Horn sur les vents du destin, comment ils s'engouffraient dans les ruelles étroites de la médina, remodelant sa réalité à chaque rafale. Il prit conscience qu'il ne s'agissait pas uniquement d'un phénomène météorologique, mais d'un indicateur prémonitoire de transformation. L'air crépitait de possibilités, et un étrange sentiment d'urgence monta en lui. Il lui incombait de se conformer à la carte de Horn, en traduisant non seulement les termes du passé, mais également l'essence même de l'atmosphère.

À ce moment-là, Karim respira profondément, laissant le sirocco remplir ses poumons, comblant le fossé entre le tangible et l'invisible. Chaque parfum, chaque murmure du vent résonnait en lui, amplifiant des émotions qu'il avait longtemps enfouies. Il imagina Horn debout ici, il y a des années, peut-être avec les mêmes pensées qui lui traversaient l'esprit, réfléchissant à la convergence du temps et du choix. Et si le vent pouvait révéler plus que de simples chemins ? Et s'il pouvait révéler des vérités longtemps cachées, des courants métaphysiques reliant le passé, le présent et l'avenir ? Le poids de la connaissance pesait sur lui lorsqu'une silhouette floue et nébuleuse passa du coin de son œil, se fondant dans les teintes dorées qui s'estompaient dans le crépuscule.

Instinctivement, Karim détourna le regard, mais la silhouette disparut comme un mirage. Le doute s'insinua en lui, amplifié par les volutes fantomatiques du vent : était-il en train de pourchasser des ombres, ou était-il, comme Horn, devenu intimement lié à l'essence même de la ville ? Il sentit le sirocco le pousser en avant, à la rencontre de l'inconnu comme d'un ami perdu de vue depuis longtemps. Se préparant mentalement, il serra les notes plus fort, comme si elles étaient une bouée de sauvetage. La prise de conscience le submergea. Quelle que soit la découverte de Horn là-bas, cela s'approchait, l'invitant à affronter la tempête qui se préparait en lui, une tempête de connaissances qui osait se déployer devant lui..

Avec le vent qui tourbillonnait autour de

lui, Karim se mit à marcher vers les chemins cachés que Horn avait cartographiés mais jamais achevés. Il savait maintenant que pour poursuivre cette connaissance, pour rejoindre les rangs de ceux qui avaient osé cartographier l'incartographiable, il devait s'abandonner à l'étreinte du sirocco, accepter la dualité de la création et de la destruction, de la révélation et de la folie. Alors que les ombres dansaient dans les ruelles, le vent hurlait, murmurant les marées du temps qui promettaient à la fois l'illumination et le péril. Le moment était venu ; son choix allait s'inscrire dans le tissu même de son destin, à jamais lié aux anciens secrets cachés dans le souffle de la ville.

À son insu, ce choix planait à l'horizon comme une tempête qui se préparait. Le sirocco le pousserait-il vers la clarté ou l'entraînerait-il dans l'abîme des histoires oubliées ? Les sables mouvants du temps avaient toujours été capricieux, et Karim se tenait dans l'œil du cyclone, prêt à plonger plus profondément dans le labyrinthe du destin.

7
Les ombres des personnages oubliés

L'air lui-même semblait scintiller des échos du passé tandis que Karim se promenait dans la médina, un mystère qui n'attendait qu'à être résolu. Des ombres passaient rapidement dans les ruelles étroites, laissant entrevoir des silhouettes qu'il ne pouvait pas vraiment distinguer, mais auxquelles il se sentait profondément lié. Dans ces instants fugaces qui l'arrachaient à la réalité, il commençait à voir les visages de ses ancêtres clignoter dans son champ de vision, l'invitant à plonger plus profondément dans le tissu de son passé.

Chaque tournant qu'il prenait paraissait orchestré, comme si une main invisible, une force au-delà de la compréhension des esprits mortels, le guidait le long de chemins oubliés, depuis longtemps engloutis par la vie trépidante de la médina. Le parfum du jasmin flottait lourdement dans l'air, se mêlant aux arômes d'épices qui s'échappaient des souks voisins, chaque respiration faisant écho aux récits chuchotés par des âmes disparues depuis longtemps. À chaque pas, il sentait une convergence se produire, l'essence de ceux qui avaient autrefois arpenté ces rues se mêlant à sa propre présence hésitante.

Alors qu'il s'arrêtait près de l'ancienne fontaine, la surface de l'eau montant et descendant comme le souffle de ceux qui avaient disparu, des flashs de mémoire s'allumèrent en lui. Des vers épars de poésie soufie qu'il avait autrefois traduits lui revinrent à l'esprit, éclairant le sens derrière les vibrations dans l'air. Il ferma les yeux, sentant le pouls de la médina comme s'il s'agissait de son propre cœur, réalisant la danse infinie du temps : c'était lui qui était entré dans leur monde, et non eux qui étaient partis.

Le contact des pierres sous ses doigts lui envoya d'autres visions. Il pouvait presque entendre des rires, voir le dos scintillant d'un châle flotter sur le marché comme une rivière de soie. Mais des courants plus profonds coulaient sous ces aperçus scintillants. À chaque image fugitive, Karim ressentait une urgence croissante, une tension palpable. Les chuchotements se transformaient en cris d'avertissement provenant des ombres : personne ne pouvait simplement flotter entre les mondes sans conséquences.

Alors que le crépuscule commençait à recouvrir la médina, un frisson le parcourut. Les silhouettes qui étaient auparavant de doux spectres se mirent à se tordre et à se contorsionner, révélant des vérités. Des vérités sur sa propre lignée, sur l'histoire oubliée de la médina, auxquelles il n'était peut-être pas prêt à faire face. Les rues semblaient s'agiter avec détermination, et les doux échos se transformèrent en clameurs d'histoires oubliées, pesant lourdement sur ses épaules. Il trébucha sur les pavés, le monde changeant de manière imprévisible autour de lui, laissant une froide terreur dans son ventre. Il réalisa que suivre ces aperçus pourrait l'entraîner plus profondément dans le labyrinthe des chagrins passés.

Les images des visages devenaient plus nettes et plus définies, les ombres devenaient menaçantes à mesure qu'elles envahissaient sa conscience. Il sentait leur présence peser sur sa poitrine, écrasant l'air autour de lui. Karim hésita, pris entre l'élan viscéral de l'histoire qui se déroulait et l'envie palpitante de se libérer tout en s'accrochant à leurs révélations chuchotées. Les fils du destin s'entremêlaient, le poussant à faire un choix. Un choix qui portait tout le poids de son parcours. Plonger plus profondément dans l'abîme de la mémoire ou trouver refuge dans la réalité banale du monde moderne.

Soudain, une voix perça le vacarme. Une voix

familière qui résonnait avec gentillesse et prudence. Karim, lui dit-elle, la carte est incomplète ; ne t'aventure pas sur des chemins trop tortueux. Sache quand écouter et quand laisser le passé derrière toi. C'était Selma, sa présence se fondant dans la nuit, illuminant la tourmente d'une douce lueur. Pourtant, l'incertitude le rongeait. Allait-il tenir compte de ses avertissements ou suivre la piste des aperçus à travers le temps, sans se soucier de la tempête qui se préparait dans les fils qui le liaient à la vérité ?

Alors que les ombres l'enveloppaient, Karim prit une profonde inspiration, sentant l'énergie de la ville. Vivante, agitée et séduisante. Les vents changèrent, le propulsant vers une confrontation avec des forces qui le forceraient à décider : céder à l'appel ancestral de sa lignée et continuer à fouiller dans les replis de l'histoire, ou se replier dans une existence ordinaire marquée uniquement par les réalités fonctionnelles du monde moderne.

***

Karim sentit les vibrations de la médina sous ses pieds, les changements subtils dans les pavés comme s'ils étaient vivants, se déplaçant pour le guider plus profondément dans le labyrinthe. Chaque pas résonnait d'un écho du passé, murmurant à travers les ruelles étroites. Il s'arrêta à un coin, le cœur battant, sentant la présence de ceux qui avaient emprunté ces chemins bien avant lui, leur énergie se fondant dans l'air poussiéreux qui l'entourait.

Alors qu'il s'aventurait plus loin, l'esprit de Karim dériva vers les histoires qu'il avait découvertes à travers les notes fragmentaires de Horn. Et si les fils du destin qu'il cherchait à cartographier étaient tissés par ces mêmes pas ? Le parfum du jasmin flottait dans l'air, enivrant et rappelant les conseils énigmatiques de Selma sur la nécessité de s'harmoniser avec le souffle de la ville. Se pouvait-il qu'il se trouve près d'un carrefour crucial, un point où les lignes du temps convergeaient ?

En tournant à droite dans une autre ruelle, un mouvement fugace attira son attention. Ce n'était qu'une ombre, mais elle semblait trop nette, trop intentionnelle pour n'être qu'un jeu de lumière. La silhouette semblait s'attarder juste en dehors de son champ de vision, l'incitant à continuer. Son anxiété se mêlait à une excitation curieuse ; il se sentait obligé de la suivre, comme si ces pas pouvaient le rapprocher des vérités qu'il aspirait à dévoiler.

Il eut la sensation d'être observé, comme si un poids subtil pesait sur sa nuque. Il se souvint des paroles de Selma au sujet des cartes qui traçaient des territoires d'où l'on ne pouvait revenir. Karim chassa cette pensée et continua d'avancer, sa détermination renforcée par les visions du voyage du Dr Horn. L'air devint plus épais autour de lui, les chuchotements plus forts, l'enveloppant dans les fils tissés à partir de contes oubliés depuis longtemps.

Il déboucha dans une petite cour, cachée derrière de hauts murs recouverts de vignes, où les pierres baignées de soleil témoignaient d'innombrables secrets. Au centre se trouvait une fontaine usée par les intempéries, dont l'eau coulait doucement. En s'en approchant, il pouvait presque sentir le bourdonnement apaisant des voix ancestrales qui venaient lécher les bords de sa conscience. Il s'agenouilla, plongea ses doigts dans l'eau fraîche et ressentit un lien inexplicable, comme si la fontaine elle-même le reconnaissait et acceptait sa quête.

Soudain, les ombres environnantes bougèrent et la présence qu'il avait ressentie auparavant se matérialisa sous une forme tangible. Une silhouette fantomatique vêtue d'un costume traditionnel. Karim eut le souffle coupé et faillit reculer, à moitié convaincu qu'il était en train d'assister à une apparition. La silhouette hocha légèrement la tête, son regard l'incitant à poursuivre son exploration. Karim trembla, déchiré entre la peur et l'attraction du destin.

Le temps se déforma, les secondes s'étirèrent en moments éternels, et Karim fut frappé par une prise de conscience écrasante. C'était ça. Son passé l'appelait à affronter les ombres, à percer le voile qui séparait la mémoire de la réalité. Pourtant, les murmures l'avertissaient, les ombres et la lumière s'entremêlaient, l'attirant avec l'allure de la connaissance, mais le menaçant de sombrer dans la folie.

Alors que la silhouette continuait de s'estomper, Karim ressentit un élan d'urgence. Il se leva, le cœur battant, et la cour s'assombrit, l'air chargé d'anticipation. Les pas autour de lui semblaient battre au rythme de son cœur, chacun résonnant comme une question : allait-il suivre ou battre en

retraite ? Les échos d'innombrables vies murmuraient des promesses de révélation. Mais, ils portaient aussi le poids des conséquences qui s'infiltraient dans les pierres mêmes sous ses pieds.

Rempli de détermination, Karim fit demi-tour,
sachant que certaines portes, une fois ouvertes,
ne pouvaient plus jamais être fermées, ce qui
résonnait fort dans son esprit. Il savait qu'il devait saisir les fils du destin qui se trouvaient juste
au-delà du voile. Pourtant, alors que les ombres
s'épaississaient, il pouvait sentir le Labyrinthe se
resserrer autour de lui, lui rappelant que chaque
choix comportait à la fois un potentiel de connaissance et de danger.

Alors que Karim s'enfonçait dans les ruelles
sinueuses de la médina, une étrange sensation
de résonance emplissait l'air, rappelant des murmures portés par la brise. Le soleil descendait,
projetant des ombres allongées qui dansaient sur
les pavés, et il sentait un fil invisible tirer sur sa
conscience, lui rappelant les histoires enfouies

dans ce labyrinthe. Chaque virage le rapprochait des échos du passé, une invitation entremêlée à son présent.

Il s'arrêta près d'une ancienne fontaine, dont la surface avait été polie par le temps, l'eau ruisselant à un rythme régulier qui ressemblait au battement du cœur de la ville elle-même. Appuyé contre la pierre froide, il ferma les yeux, laissant les sons l'envelopper. Soudain, il entendit le murmure lointain de voix parlant dans des dialectes depuis longtemps oubliés, et il sentit le poids de leur présence. Des silhouettes vêtues de costumes d'époques révolues se faufilaient à travers le tissu de sa réalité.

Intrigué, Karim passa ses doigts sur les marques gravées sur le bord de la fontaine, déchiffrant les inscriptions effacées qui faisaient allusion à des récits perdus et à des destins inconnus. Ces marques n'étaient pas de simples ornements ; elles semblaient vivantes, comme si chaque sculpture renfermait un souvenir qui attendait d'être reconnu. Pouvaient-elles révéler les chemins cachés que Horn avait supposés ? Il sentit une vague de détermination le submerger, sa résolution se rapprochant de l'obsession à chaque nouvelle découverte.

Alors que le crépuscule tombait sur la médina, l'atmosphère s'épaississait d'enchantement et les ombres se transformaient en formes spectrales. Il sentait une convergence, une coexistence du passé et du présent, qui le poussait à plonger plus profondément dans les secrets de la ville. Suivant les indices intangibles des parfums, des épices et de l'odeur salée de la mer, Karim s'aventura plus loin, là où les rues se tordaient comme des serpents, murmurant des promesses d'illumination, mais portant le poids du danger.

Il se remémora les propos de Selma concernant l'écoute du souffle de la ville, prenant conscience que ce qu'il percevait n'était pas uniquement des voix extérieures, mais également un dialogue intérieur l'orientant tant vers l'illumination que vers le péril. La douce caresse d'une brise du soir effleura son visage, et à ce moment-là, il aperçut une autre silhouette. Cette apparition fugace reflétait sa propre silhouette, mais était vêtue de vêtements traditionnels d'une autre époque.

Le cœur de Karim se mit à battre à toute vitesse. Il croisa le regard de l'ombre avant qu'elle ne disparaisse dans l'obscurité, et il sentit un lien, un fil qui le reliait non seulement au passé, mais l'invitait aussi à pénétrer dans ses profondeurs labyrinthiques. Il prit conscience que les signes d'une autre époque n'étaient pas uniquement autour de lui, mais qu'ils étaient intimement liés à son essence. Il prit une profonde inspiration, se préparant mentalement pour le voyage qui l'attendait, sachant que chaque décision aurait des répercussions sur le tissu délicat de l'histoire et de la mémoire.

Sa détermination enflammée, Karim s'avança, embrassant le frisson potentiel de l'inconnu. À chaque pas qui résonnait dans la médina, il ne pouvait se défaire de l'idée qu'il ne se contentait pas de découvrir l'histoire. Car il en devenait partie intégrante. Mais la question demeurait : quelles vérités l'attendaient dans l'ombre ? Et à quel prix les déterrerait-il ?

***

8
L'art de l'obsession

L'obsession de Karim pour le boulot du Dr Horn s'est enfoncée encore plus dans sa vie de tous les jours, étouffant tout ce qui ressemblait à la routine à laquelle il s'accrochait avant. Les piles de traductions qui s'accumulaient sur son bureau ressemblaient à monuments délicats aux heures passées à étudier des textes fragmentés. En même temps, le monde extérieur s'est estompé pour devenir un bourdonnement indistinct. Les visages de ses amis et connaissances à l'agence sont devenus flous, leurs préoccupations rejetées comme de simples échos dans les recoins de son esprit. Un après-midi, une chaleur étouffante a enveloppé Tunis, l'air chargé du parfum du jasmin et du bruit lointain du sel. Pourtant, l'éclat impitoyable du soleil ne pouvait pas éclairer les ombres qui envahissaient sa vie.

Il avait négligé les tâches les plus simples, laissant les lettres sans réponse, laissant les plantes de son balcon se faner sous le soleil implacable. Les sons faibles du quartier animé de Halfaouine passaient inaperçus devant sa fenêtre. Il n'entendait plus les rires des enfants qui jouaient ; tout ce qui l'entourait était l'héritage obsédant de Horn et les murmures fragmentés des Anémones.

Un soir, alors que le crépuscule drapait la ville de son velours, Karim retourna à sa table de travail, la lueur autrefois accueillante d'une seule lampe éclairant son chaos encombré. Il passa ses doigts sur les diagrammes de Horn, sentant les lignes complexes vibrer d'énergie, presque comme si elles pulsaient de leur propre rythme cardiaque. L'excitation le saisit, le ramenant dans le labyrinthe de la cartographie métaphysique de Horn.

Chaque découverte augmentait sa ferveur, mais dans cette intensité se cachait le début de la négligence, où l'engagement personnel et les responsabilités se fanaient. Sa passion le consumait comme un feu qui brûlait sans contrôle, et même s'il creusait plus profondément, les alertes dans les coins de sa conscience devenaient plus fortes. Les souvenirs de relations éphémères, les obligations envers son travail et les murmures d'une vie en dehors des limites de son appartement. Le cœur de Karim battait à tout rompre, excité par le frisson de la découverte, repoussant la culpabilité et les préoccupations détachées des autres ; ils pouvaient attendre. Puis vint le rêve, vif et dérangeant, où il rencontra Horn au milieu d'un labyrinthe sans fin de murs mouvants et de vents tourbillonnants. « Tu marches sur des vents qui ne t'appartiennent pas », l'avertit Horn, sa voix résonnant dans le paysage onirique, perdant de sa substance à chaque réverbération. « Tu trouveras peut-être ce que tu cherches, mais à quel prix ? »

Karim se réveilla en sursaut, trempé de sueur, la silhouette obsédante de Horn restant gravée dans ses pensées. C'est alors qu'il réalisa que sa négligence avait des conséquences qu'il n'avait pas encore prises en compte. Les lettres restées sans réponse avaient conduit à des malentendus, les plantes de son balcon étaient mortes et les rires des enfants qui jouaient s'étaient transformés en échos lointains. C'étaient là les conséquences matérielles de son obsession, comme des avertissements chuchotés portés par la brise du soir.

À mesure qu'il plongeait dans les profondeurs des connaissances de Horn, son obsession prenait forme, à l'image des vents qu'il s'efforçait de cartographier. L'air s'épaississait de tension, étouffé par sa quête solitaire ; la vie continuait sans lui, une marée montant régulièrement tandis qu'il dérivait. Karim savait que continuer ainsi signifiait abandonner l'essence même de son humanité. Pourtant, chaque aperçu fugace de compréhension l'attirait plus profondément dans les ombres qu'il avait lui-même créées, le vidant de sa vitalité et ne laissant de lui qu'une simple coquille vide.

Il frissonnait à l'idée de ce qui pourrait arriver s'il s'engageait pleinement dans les vents dont parlait Horn. Était-ce un chemin vers la grandeur ou un abîme enveloppé d'illusion ?

La nature précaire de son exploration le rongeait, et il commença à se demander si ses découvertes mèneraient à l'illumination ou à la folie. L'incertitude l'envahit comme une tempête lointaine venant de la Méditerranée, et il sentit le poids de ses choix peser sur lui. Le cœur de Karim battait à tout rompre alors qu'il suivait une fois de plus les courbes des cartes de Horn, mais maintenant, l'air autour de lui semblait chargé, vibrant d'un choix imminent.

Le paradoxe se profilait, lumineux et obsédant. Allait-il suivre le murmure des vents, emprunter le chemin tracé par Horn vers les profondeurs de la connaissance, risquant la vie qu'il avait si imprudemment abandonnée ? Ou allait-il enfin se frayer un chemin à travers le bruit, rompre avec le passé pour renouer avec le monde qui l'attendait juste devant sa porte ? La tension crépitait dans l'air, prête à exploser ; il était à la croisée des chemins, et le poids de ses choix était palpable, entraînant le lecteur dans la gravité de sa situation.

***

Karim était assis en tailleur sur le tapis persan défraîchi de son appartement, des papiers éparpillés autour de lui comme des feuilles mortes, chacun étant un fragment des théories de Horn et de ses propres pensées dispersées. Le parfum du jasmin flottait à travers la fenêtre ouverte, se mêlant à l'air vicié de la négligence. Ses doigts suivaient les lignes complexes d'une des cartes de Horn, chaque courbe lui rappelant les mystères qui l'avaient consumé. Le monde extérieur vibrait de vie, mais à ce moment précis, il se sentait plus vivant que jamais, son cœur battant au rythme des possibilités qui tourbillonnaient autour de lui. Son parcours émotionnel était palpable, entraînant le lecteur dans son tumulte intérieur.

Chaque fois qu'il s'aventurait dans la médina,

il se surprenait à voir les rues familières sous un nouveau jour. Les ruelles, qui n'étaient autrefois que des passages dans un marché animé, lui parlaient désormais, lui chuchotant des secrets enfouis dans chaque pierre. Des vieillards s'appuyaient contre les murs, leurs ombres s'allongeant dans le soleil de l'après-midi, comme s'ils attendaient un écho du passé. Karim griffonnait des notes dans son carnet usé, son obsession le guidant à travers le labyrinthe de la ville.

Avec une ferveur retrouvée, il commença à esquisser sa propre « carte Anemoi », qui n'était pas seulement une illustration des itinéraires et des lieux, mais une tapisserie vivante tissée à partir de ses expériences émotionnelles, des parfums qui emplissaient ses narines et des regards fugaces de personnages d'une autre époque. Chaque marqueur devenait une histoire, une convergence de murmures qu'il espérait décoder. Il ne s'agissait plus des destinations, mais des sensations, du pouls de la ville sous ses doigts, chaque marque sur le papier lui rappelant avec force qu'il cartographiait et était cartographié par des forces qui dépassaient son entendement. L'attrait de ses découvertes était indéniable, entraînant le lecteur dans sa quête de compréhension.

Alors que le crépuscule tombait, Karim sentit un changement dans l'air, une promesse électrique dansant à l'horizon. Les ombres de la médina s'épaississaient, et il se demanda s'il devait capturer l'essence éthérée du crépuscule sur sa carte. Horn l'aurait-il ressenti aussi à cette heure-là ? Une telle convergence pouvait-elle être réelle, ou s'agissait-il simplement des divagations d'un érudit solitaire devenu fou ? Son cœur s'emballa lorsqu'il se rappela les paroles de Selma au sujet des cartes qui tracent des territoires d'où l'on ne peut revenir. Un frisson involontaire lui parcourut l'échine ; qu'est-ce qu'il s'infligeait là ?

Avec la nouvelle lune qui projetait sa faible lumière sur le lac de Tunis, Karim ressentit l'urgence de terminer son travail. Chaque trait d'encre était chargé de tension, une danse avec l'inconnu, mais il avait envie de l'embrasser. Un puissant mélange de peur et d'exaltation commença à s'enrouler en lui, surpassant les rythmes banals de sa vie. Il avait commencé à s'engager dans les vents métaphysiques ; chaque rafale l'attirait vers l'avant tout en l'avertissant de l'abîme qui se trouvait juste au-delà du seuil de la compréhension.

Mais alors qu'il apportait les dernières touches

à sa carte, un vent étrange fit vibrer les vitres. Un son désormais familier et dérangeant.

Il glissait dans les rues de la médina, faisant résonner des voix qui s'imposaient à sa conscience. Soudain, il n'était plus seul. Il pouvait sentir la présence de Horn envahir sa réalité, comme si l'air même qu'il respirait était saturé des échos de l'obsession de son prédécesseur. La main de Karim tremblait légèrement alors qu'il achevait la dernière ligne sur le parchemin ; la juxtaposition de la clarté et du chaos fusionnait en lui.

Le choix semblait plus important que jamais : suivre la voie qu'il avait éclairée ou battre en retraite, en acceptant que certaines cartes ne mènent pas vers le connu, mais guident vers des eaux inconnues. Il prit une profonde inspiration, une résolution silencieuse s'alluma en lui, et le monde autour de lui devint net. Qu'est-ce qui l'attendait dans le labyrinthe ? La réponse planait comme les nuages d'orage qui s'amassaient au-dessus de La Marsa, attendant de libérer leur tempête cachée.

***

Les jours se transformèrent en semaines tandis que Karim se plongeait de plus en plus dans le travail de Horn, les liens insaisissables entre les cartes, la mémoire et l'identité s'entremêlant dans sa conscience comme du lierre sur une pierre ancienne. Il sentait le rythme palpitant de la ville sous ses pieds et dans les pages qui voletaient de ses notes. Une synchronie faisant écho aux vents métaphysiques proposés par Horn. Chaque jour, il négligeait ses tâches à l'agence culturelle, et ses collègues s'inquiétaient de plus en plus. Pourtant, il ne pouvait se détacher de l'attrait de l'inconnu.

C'est un après-midi, alors que le soleil plongeait sur la médina, que le frisson de la découverte le frappa soudainement. Assis à une petite table usée par les intempéries dans un café donnant sur la place animée, il esquissa les contours de sa propre carte Anemoi sur un vieux parchemin. Alors qu'il posait son stylo sur le papier, les images des rues labyrinthiques, les murmures du jasmin dans le souk et les silhouettes des bâtiments blanchis par le soleil se confondirent. À chaque trait, il sentait la carte changer. Une entité vivante éphémère façonnée par ses pensées, ses émotions et l'essence même de la ville.

Essoufflé par l'excitation, il se leva brusquement, la chaise raclant les pavés. Les gens autour de lui se fondirent dans le décor, et il se retrouva attiré par le souk EL-Attarine. Le marché aux parfums. C'était un site marqué sur les schémas fragmentés de Horn, un endroit où il croyait que les vents métaphysiques convergeaient. L'air était chargé des parfums alléchants des épices, des huiles parfumées et de la terre de la médina. Le cœur de Karim battait à tout rompre. Que découvrirait-il ici ? Quelles vérités les doux murmures des poètes d'antan pourraient-ils révéler ?

Alors qu'il déambulait dans les ruelles, il fut envahi par des sensations étranges. Il avait l'impression que le temps lui-même oscillait, se courbait et se tordait. Il lui vint à l'esprit qu'il était déjà venu ici dans un rêve, où les ombres dansaient au coin des rues. Ses doigts effleurèrent les murs de pierre frais, et un sentiment de déjà-vu l'envahit. Des voix lui parvinrent. Des échos de vers qu'il avait traduits depuis longtemps, mêlés au bruissement des marchands et des clients qui se déplaçaient comme s'ils étaient chorégraphiés par un chef d'orchestre silencieux.

Il s'arrêta devant un étal recouvert de tissus colorés, son attention attirée par un astrolabe ancien qui scintillait sous la douce lueur du soleil couchant. Le vendeur, un homme maigre à la barbe emmêlée, remarqua son regard insistant et sourit d'un air entendu. Ah, chercheur de chemins. Cet astrolabe ne se contente pas de mesurer les étoiles, il murmure la vérité des vents. Le pouls de Karim s'accéléra. L'astrolabe de Selma et son symbolisme énigmatique lui revinrent à l'esprit. Et si c'était une autre pièce du puzzle de Horn ?

Il acheta l'appareil, le tenant précieusement dans ses mains tandis qu'il parcourait les rues sinueuses. L'excitation le traversait comme les courants du sirocco, qu'il associait désormais à des moments de clarté et de confusion. Ce soir-là, la phase lunaire correspondrait aux calculs de Horn figurant dans ses notes. Une convergence d'énergies mystiques qui pourrait lui révéler des connaissances profondes ou le plonger dans les profondeurs de la folie.

De retour dans son appartement, les ombres dansaient sur les murs alors que la dernière lueur s'éteignait. L'air était électrique, chargé de possibilités. Il étala les notes et la carte devant lui, les fusionnant avec les pensées fragmentées de Horn et son nouvel astrolabe. La compréhension flottait juste hors de sa portée, une illusion complexe créée par sa propre obsession. Alors qu'il cherchait une cohérence dans le chaos devant lui, il sentit un doute grandir en lui. Et si plus il découvrait, plus il s'éloignait de la réalité ?

Alors que l'heure avançait, une énergie agitée l'enveloppa, vibrant comme le battement régulier d'un tambour, annonçant un moment de vérité. Les doigts de Karim se resserrèrent autour de l'astrolabe, le frisson de la découverte pulsant dans ses veines. Qu'y avait-il de l'autre côté de la connaissance ? Dans un souffle silencieux, il se prépara à suivre la carte qu'il avait créée, s'avançant vers l'inconnu, sans se douter que les voiles de la réalité étaient sur le point de se dévoiler autour de lui d'une manière qu'il pouvait à peine imaginer.

***

9
Le mirage de la réalité

***

Karim était au bord de la colline de Sidi Bou Saïd, le cœur battant à tout rompre, en regardant le paysage devant lui. Le village, peint dans des tons pastel doux de bleu et de blanc, brillait sous le soleil de fin d'après-midi comme une vision éthérée sortie d'un rêve. Il était depuis longtemps captivé par cet endroit, attiré par sa beauté digne d'une carte postale. Pourtant, un sentiment troublant persistait au fond de son esprit. Était-il vraiment aussi parfait qu'il en avait l'air, ou s'agissait-il simplement d'une façade, dissimulant quelque chose de bien plus complexe sous sa surface polie

? L'attrait de Sidi Bou Saïd était indéniable, un appel de sirène qui le tentait et le tourmentait simultanément.

Le ciel azur s'étendait à l'infini au-dessus de lui, la lumière du soleil projetant des ombres espiègles sur les rues bordées de bougainvilliers. L'air était embaumé par le doux parfum du jasmin, mais dans cet arôme enivrant, il sentait une amertume, comme le goût du sel sur sa langue avant qu'une vague ne vienne s'écraser sur le rivage. Ce village idyllique, qui semblait respirer le charme et la tranquillité, bouillonnait en dessous d'une énergie différente, plus sombre, qui l'invitait à creuser plus profondément.

Alors qu'il déambulait dans les ruelles étroites, Karim était conscient des subtils changements d'atmosphère, qui faisaient écho à l'essence même des théories de Horn. La beauté de Sidi Bou Saïd lui semblait être un mirage, l'attirant vers elle tout en l'éloignant de la réalité qu'il connaissait. Malgré les rires des touristes et les bavardages animés qui flottaient dans les rues, Karim ressentait un profond sentiment d'isolement, comme un étranger regardant à travers le miroir d'une existence différente. Il se surprit à s'interroger sur l'authenticité de ce village pittoresque : était-ce un sanctuaire de sérénité ou une illusion soigneusement construite masquant le chaos et la complexité de l'expérience humaine ?

Ses pensées tourbillonnaient, réfléchissant à la façon dont la perception déformait le récit de la vérité dans son expérience. Ici, dans ce havre apparemment parfait, il ressentait le poids des attentes, autant de lui-même que de ceux qui l'entouraient. La beauté envoûtante de Sidi Bou Saïd semblait se moquer de ses réflexions, se présentant comme un joyau sans défaut tout en lui chuchotant des secrets qui lui échappaient. Qu'est-ce qui se cachait juste derrière le voile de ce spectacle envoûtant ? Qu'est-ce qui se cachait sous les couches de beauté qui enveloppaient le village comme un linceul impénétrable ?

Alors qu'il s'arrêtait devant un petit café surplombant la baie, la tranquillité des vagues qui ondulaient en contrebas contrastait avec la turbulence qui l'habitait. Les reflets dansaient sur l'eau, tourbillonnant comme les myriades de pensées qui se bousculaient dans son esprit. C'est alors qu'il le sentit. Une présence fugace, une ombre à la limite de sa perception. Il se retourna, le cœur battant, mais ne trouva que du vide. Ce sentiment d'être observé, surveillé par une force invisible, lui donna des frissons dans le dos. Quelles vérités se cachaient derrière ces beautés trompeuses ? Était-il possible que Sidi Bou Saïd ait un lien avec la disparition de Horn, chaque fleur cachant un murmure, chaque parfum sucré étant le signe de quelque chose de bien plus sinistre ?

Le ciel commençait à s'assombrir, les couleurs vives du coucher de soleil se fondant dans l'horizon. Le cœur de Karim battait à toute vitesse ; le temps lui filait entre les doigts comme du sable. Il avait besoin de réponses pour repousser le mirage qui l'enveloppait. À ce moment-là, debout au milieu de cette beauté qui ressemblait plus à une prison qu'à un paradis, il prit une décision. Il allait creuser sous la surface, percer les couches séduisantes pour révéler la vérité qui se cachait dans l'ombre. Mais, au fond de lui, il se demandait s'il était prêt à affronter la réalité qui l'attendait ou s'il allait lui aussi se perdre dans le charme trompeur de Sidi Bou Saïd.

***

Karim se tenait au bord de Sidi Bou Saïd, la mer

azur scintillant comme une promesse murmurée, mais il sentait une inquiétude le tenailler. Le village scintillait d'une beauté éthérée, ses murs blanchis à la chaux et ses portes bleu cobalt laissant entrevoir des vies vécues en parfaite harmonie. La beauté de Sidi Bou Saïd était envoûtante, un mystère qui l'invitait à percer ses secrets. Pourtant, sous la surface, il sentait une dualité troublante.

Une dissonance entre ce que la ville semblait être et ce qu'elle pouvait cacher. Dans ce piège pittoresque, Karim se sentait en même temps enchanté et pris au piège. Il était venu ici pour chercher la clarté, mais celle qu'il trouvait paraissait réfractée à travers un prisme d'incertitude. Alors qu'il errait dans les ruelles étroites, des ombres vacillaient à la périphérie de son champ de vision, lui chuchotant des moments passés et des vérités perdues.

Chaque virage du chemin sinueux pavé de galets le conduisait plus profondément dans un kaléidoscope de perceptions changeantes, où la réalité se repliait sur elle-même comme les couches d'une tapisserie complexe. Il se souvenait des énigmes de Selma bin Hazm sur le souffle de la ville. Il sentait les rythmes pulsés autour de lui résonner avec la poésie qu'il chérissait. Quelle part de ce qu'il percevait était réelle ? Et quelle part était tissée à partir des fils délicats du désir et de la peur ?

Le vent changea de direction, apportant avec lui un sentiment d'appréhension, comme si les fantômes de souvenirs profondément enfouis s'agitaient dans les profondeurs de sa conscience. À chaque inspiration, il sentait le récit de son existence tourbillonner. Une tempête de pensées et de sentiments. Karim comprit que la perception n'était pas un acte passif ; elle était le sculpteur même de la vérité, façonnant et refaçonnant le récit de sa vie. Comme les diagrammes énigmatiques de Horn, sa propre vie était devenue une carte, avec des lignes floues entre réalité et illusion. Et si, au milieu de la beauté de ce havre pittoresque, des vérités cachées attendaient, perceptibles seulement pour ceux qui étaient prêts à aller au-delà des apparences ?

Poussé par un besoin urgent, il se retrouva au bord de la falaise, là où la mer rencontrait le ciel dans une étreinte à couper le souffle. Les vagues se brisaient sans relâche, métaphores implacables d'un monde à la fois vivant et indifférent. Karim ferma les yeux, s'abandonnant à la cacophonie de la nature et à l'entrelacement du passé et du présent. Soudain, il aperçut une silhouette fugace, une femme drapée dans les murmures du temps. Un fantôme orné d'ombres et de souvenirs, l'invitant à percer les secrets enfouis dans le tissu même de la perception. Un grondement profond résonna en lui lorsqu'il ouvrit les yeux, réalisant que la clarté pouvait avoir un prix, entrant en collision avec le cœur même du mirage de la réalité.

Alors que le soleil couchant descendait, projetant de longues ombres sur Sidi Bou Saïd, il sentit un frisson de peur se mêler à son exaltation. Était-il en train de se diriger vers l'illumination, ou risquait-il de se perdre, consumé par le labyrinthe dans lequel il évoluait ? Karim comprit que chaque nouvelle idée pouvait aussi défaire la trame même qu'il cherchait à comprendre, lui posant un défi encore plus grand. Une invitation de la connaissance qui murmurait la folie, le poussant à affronter la frontière insaisissable entre ce qu'il pensait comprendre et ce qui dépassait sa compréhension. Avec une détermination enflammée dans sa poitrine, il fit un pas en avant, sachant qu'il se tenait au bord du précipice de la découverte, prêt à affronter tout ce qui l'attendait au-delà de la surface de l'élégante tromperie.

Karim s'appuya contre la pierre fraîche et patinée de la balustrade de Sidi Bou Saïd, contemplant la Méditerranée scintillante en contrebas. Les façades azur et blanches du village éblouissaient sous le soleil de midi. Pourtant, une pensée troublante le rongeait. Cette beauté n'était-elle qu'une façade soigneusement construite ? Alors que le vent balayait ses pensées entre les murmures de la poésie et les notes éparses du Dr Horn, il sentait le poids de sa quête peser sur lui comme la chaleur oppressante de la journée.

C'était une chose de découvrir les vérités oubliées cachées dans les papiers de Horn, mais le voyage exigeait plus que sa curiosité intellectuelle ; il mettait à rude épreuve sa réalité même. Chaque jour passé à décoder les fragments lui semblait être un nouveau fil tissé dans une tapisserie qu'il ne parvenait pas tout à fait à saisir. L'attrait de la connaissance scintillait comme la mer, l'invitant à s'approcher. Cependant, il comprenait. Ce qui se cachait sous la surface pouvait être bien plus dangereux qu'il ne l'imaginait.

Les doigts de Karim effleurèrent le parchemin vieilli dans sa sacoche, les lignes méticuleusement traduites témoignant de son dévouement. Pourtant, en regardant les touristes parcourir les rues étroites, riant et prenant des photos du paysage idyllique, il se sentait de plus en plus isolé. Alors qu'ils recherchaient les plaisirs de la vue et de l'ouïe, il aspirait à une sagesse plus profonde. Cependant, plus il prospectait la vérité dans ses recherches, plus il perdait quelque chose d'essentiel : le lien avec le monde qui l'entourait.

Alors que les ombres s'allongeaient et que le soleil descendait, projetant des teintes dorées sur le village, il se souvint des paroles énigmatiques de Selma. « Certaines cartes indiquent des territoires d'où l'on ne peut revenir », avait-elle dit, sa voix douce comme une brise soufflant à travers les antiquités encombrant sa boutique. Ces mots résonnaient de façon inquiétante dans son esprit, comme un avertissement inextricablement lié à son obsession. Était-il peut-être au bord d'une vérité trop dangereuse pour que quiconque puisse l'accepter ? À chaque secret murmuré qu'il révélait, Karim s'interrogeait sur la possibilité qu'il soit en train de déchiffrer la structure de l'univers ou, au contraire, de sombrer dans la folie.

Une odeur familière de jasmin l'enveloppa, calmant un instant ses pensées tourbillonnantes. Alors qu'il se tournait vers la source, une soudaine rafale de vent fit bruisser les branches au-dessus de sa tête, emportant avec elle une mélodie éthérée qui semblait l'attirer davantage dans les profondeurs de l'incertitude. Il se mit à se demander s'il n'était qu'un simple interprète des théories de Horn, ou s'il risquait de devenir un participant au jeu métaphysique même qu'il cherchait à comprendre.

Déterminé à surmonter ses doutes grandissants, Karim descendit les chemins sinueux de Sidi Bou Saïd, avec l'impression que chaque pas l'entraînait plus profondément dans un labyrinthe qui reflétait la complexité de ses interrogations. Le monde autour de lui se transforma ; les bâtiments bleus et blancs aux couleurs vives murmuraient des secrets, suggérant que la réalité elle-même était aussi fluide que les sables mouvants de la médina.

Alors qu'il s'approchait d'un endroit isolé surplombant la mer, il s'arrêta net, le poids des décisions imminentes palpable dans l'air. Il pouvait le sentir. Le lien entre la connaissance et le danger, vacillant au bord de la révélation. Chaque fragment de compréhension qu'il recherchait menaçait de le plonger dans un vide d'incertitude. Karim avait pris conscience que la quête de la connaissance n'était pas seulement un acte d'illumination, mais pouvait très bien être le catalyseur de sa perte.

Alors que le crépuscule commençait à envelopper le village, projetant des ombres sur le paysage, Karim sentit qu'il se trouvait à un tournant. L'illusion scintillante de Sidi Bou Saïd était séduisante. Pourtant, les vérités plus profondes qu'elle cachait pouvaient le piéger dans un labyrinthe inextricable dont il ne pourrait jamais sortir. Est-ce que chercher à comprendre toutes les théories de Horn lui apporterait la clarté, ou est-ce que ce mirage pittoresque n'était qu'un piège destiné à piéger les esprits curieux qui osaient le remettre en question ?

Il inspira profondément, le cœur battant à toute vitesse et l'esprit en ébullition, face à la réalité effrayante que le chemin à emprunter offrait non seulement la révélation, mais aussi un coût considérable. Comme si elle sentait son combat intérieur, le vent s'intensifia un instant, tourbillonnant autour de lui avant de se dissiper dans l'air du soir, laissant derrière lui un silence profond. À cet instant, tout devint clair. Cela ne se limitait pas à une recherche de connaissances, mais à une confrontation avec l'essence même de la réalité, à une danse délicate au bord du précipice qui pourrait transformer à jamais le cours de sa vie.

10
Le lien entre les connaissances

Lorsque Karim franchit la grande entrée de la bibliothèque de la mosquée Zitouna, il sentit le poids des années peser sur lui. L'air était chargé de l'odeur du parchemin vieilli et des murmures étouffés d'innombrables érudits qui avaient parcouru ces vastes salles. Les colonnes de marbre s'élevaient vers le plafond ouvragé, leurs motifs complexes tourbillonnant comme les pensées qui se bousculaient dans son esprit. Ici, dans cet espace sacré, il pouvait sentir l'intersection entre le savoir et la foi, un lieu où le passé se fondait dans le présent.

Chaque étagère témoignait de la nature labyrinthique de la pensée humaine, contenant des ouvrages couvrant toutes les disciplines, de la philosophie à l'astronomie, en passant par la poésie et le mysticisme. Les doigts de Karim effleuraient les dos des livres tandis qu'il parcourait les allées étroites, attiré par les recoins cachés qui semblaient receler des secrets attendant d'être découverts. Parmi les parchemins, il découvrit une série de textes disparates, leur papier fragile portant le poids d'un savoir oublié et de vérités dangereuses. Le bibliothécaire, un vieil homme vêtu de la tenue traditionnelle d'un érudit, l'observait d'un regard perçant qui semblait juger ses intentions, ajoutant à l'attrait du savoir interdit.

En creusant plus profondément, Karim déterra une collection d'écrits qui faisaient allusion aux vents métaphysiques théorisés par Horn. Des cartes énigmatiques annotées de symboles étranges et de références ésotériques. Elles parlaient de chemins non empruntés, de choix qui se répercuteraient à travers le temps comme le souffle de l'air à travers la médina. L'urgence de sa quête pesait sur lui comme l'air humide de Tunisie, et chaque instant qui passait intensifiait le frisson de la découverte, entremêlant son destin avec les fantômes du passé.

Dans un coin faiblement éclairé, il tomba sur un manuscrit qui lui donna des frissons dans le dos. Le texte lui était à la fois familier et étranger, faisant écho à la voix perçante de Selma bin Hazm lors de leurs précédentes rencontres. Il mettait en garde contre le prix à payer pour rechercher des connaissances interdites, contre les cartes qui pouvaient mener à l'abîme. Il prit conscience que chaque page tournée pouvait le rapprocher de la compréhension du destin de Horn, ou le pousser dans un royaume dont il ne pourrait jamais revenir. Son cœur s'emballa alors que les implications se dévoilaient dans son esprit, la tension montant à mesure qu'il saisissait le fragile équilibre entre l'illumination et le danger imminent de la folie.

Le pouls de Karim s'accéléra alors qu'il réfléchissait au choix qui s'offrait à lui, la bibliothèque étant un labyrinthe sans issue dans lequel la connaissance devenait une arme à double tranchant. Dans ce centre de savoir, il pouvait soit éclairer l'obscurité qui entourait la disparition de Horn, soit plonger dans l'obscurité, poursuivant à jamais des fantômes. Alors que le soleil descendait dans le ciel, projetant de longues ombres sur le sol en marbre, l'air tremblait de promesses tacites et d'échos inquiétants de ce qui l'attendait.

Lorsque Karim entra dans la bibliothèque de la mosquée Zitouna, l'air vibrait d'une lourdeur qui dépassait celle des textes anciens alignés sur les étagères. Chaque tome dégageait une aura de secrets, des murmures de connaissances interdites qui résonnaient entre les murs fissurés, lui rappelant le mince voile qui séparait l'illumination de la folie. La bibliothèque, sanctuaire de l'écrit et de la pensée, semblait vivante, animée par le pouls de l'histoire, l'attirant vers les textes qui murmuraient à la fois séduction et danger.

Il s'aventura plus loin, passant ses doigts sur les dos des manuscrits, chaque contact déclenchant une lueur d'appréhension. Parmi la poussière et les ombres, il découvrit une table recouverte, sur laquelle reposait une collection de parchemins, reliés par de la ficelle effilochée et des sceaux de cire. Ils étaient étiquetés d'une écriture qui dansait avec une élégance étrange, l'attirant dans les eaux tumultueuses du savoir qu'il avait passé des années à naviguer avec prudence. C'était comme si ces textes connaissaient son nom, connaissaient la profondeur de sa curiosité et le mettaient au défi de découvrir leurs vérités.

Des pétales de jasmin flottaient dans l'air, un parfum qui s'était entremêlé à ses recherches. Mais cette fois-ci, la fragrance évoquait un sentiment d'appréhension, laissant entrevoir les chemins labyrinthiques que pouvait emprunter la connaissance. Alors qu'il déroulait un parchemin, les lettres prirent vie, révélant des théories qui entremêlaient réalité et illusion avec une complexité qu'il avait tant désirée, mais qu'il consid-

érait désormais avec appréhension. Les révélations faisaient allusion au Nexus de la connaissance. Une convergence de vérités qui pouvait
altérer l'essence même de l'existence.

Parmi ces fragments, Karim tomba sur une
référence à Horn. Un nom qui fit résonner en
lui de sombres échos. Il évoquait des pratiques
interdites et des vérités dangereuses cachées
aux yeux des indignes, suggérant que certaines
connaissances n'étaient pas destinées à être
dévoilées. L'audace de ces affirmations alluma
une étincelle de rébellion dans sa poitrine. Lui,
un simple traducteur en marge de la respectabil-
ité académique, pouvait-il vraiment saisir cette
sagesse ésotérique ? Cette pensée le remplit
d'un mélange grisant d'excitation et de désespoir. Les ombres dansaient plus longtemps
alors que la nuit s'insinuait silencieusement dans
l'espace sacré de la bibliothèque. Alors que les
derniers rayons du crépuscule s'estompaient à
l'extérieur, les mots devant lui semblaient scintiller de manière inquiétante, se fondant en images de la médina labyrinthique qui l'avait autant piégé que libéré. Chaque phrase se déployait, l'invitant à explorer les limites de l'existence,
mais dans l'urgence de l'illumination se cachait un

gouffre de péril. Il le sentait. Une connaissance ayant le pouvoir de démêler la réalité acceptée, une vérité si profonde qu'elle pouvait le consumer tout entier, mais également la promesse de l'illumination et de la compréhension.

Le cœur de Karim battait à tout rompre. L'air même autour de lui s'épaississait tandis que la clarté et le chaos dansaient aux confins de sa conscience. Il osa invoquer le fantôme de Horn, murmurant dans le désordre des mondes qui existaient juste au-delà de sa perception. Poussé par une compulsion plus profonde que la simple curiosité, devait-il franchir le seuil des textes interdits et embrasser les vérités dangereuses ? Allait-il en ressortir éclairé, ou être englouti par les ténèbres qui planaient aux confins de la connaissance ?

Les mains tremblantes, il tourna les pages, des images tourbillonnant devant son œil intérieur, des souvenirs et des désirs contradictoires fusionnant en un précipice de révélation. La quête lubrique de la connaissance le conduisit vers le précipice. Ce vide perfide promettait la clarté, mais menaçait de le plonger dans le désespoir. Jusqu'où était-il prêt à s'aventurer dans ce nexus, et à quel prix ?

***

Alors que Karim franchissait l'ancienne arche de la bibliothèque de la mosquée Zitouna, il sentit un changement palpable dans l'atmosphère, le poids des siècles pesant sur lui. Des rangées de volumes usés par le temps l'entouraient, leurs dos craquelés et poussiéreux abritant des secrets chuchotés dans le silence respectueux du passé. Chaque titre était une invocation, une clé ouvrant les portes infinies de la pensée. Pourtant, il ne pouvait se défaire de l'impression que certaines de ces portes ne devaient pas être ouvertes.

Il s'enfonça plus profondément dans le cœur de la bibliothèque, où la lumière du soleil se fracturait à travers un treillis complexe, projetant une mosaïque de lumière sur les pages usées par le temps. L'air était lourd de l'odeur du papier vieilli, mêlée à un léger parfum d'encens. Ici, les frontières entre le lecteur et le texte s'estompaient dans l'obscurité, comme si les mots eux-mêmes étaient vivants, attendant d'être prononcés, d'être compris. Pourtant, il ressentait une appréhension grandissante ; certains volumes dégageaient un murmure de danger, faisant écho à la curiosité effrénée qui l'avait conduit à cet endroit.

Les doigts de Karim tremblaient lorsqu'ils effleuraient les dos des textes interdits, récits édifiants sur la folie engendrée par la connaissance, sur des érudits qui s'étaient perdus dans les méandres complexes de leur propre création. Un conflit faisait rage dans son cœur. Posséder la connaissance, c'était libérer son potentiel, mais cette voie pouvait mener à la ruine. En feuilletant un manuscrit particulièrement orné, il reconnut dans son écriture les échos des réflexions de Horn. Les vents métaphysiques, la cartographie Anemoi qui l'attirait. Le fardeau de cette connaissance était considérable, le contraignant à faire face non seulement au potentiel qu'il recevait, mais également à la transformation inévitable qu'il pouvait apporter à sa vie.

Au moment où il réfléchissait, un mouvement à la périphérie de son champ de vision attira son attention. Il se retourna, et les ombres de la bibliothèque semblèrent se déplacer. Une silhouette étrange se tenait juste derrière les étagères. Elle portait une longue robe fluide, dont le tissu rappelait les textes anciens qui les entouraient. Karim sentit une montée d'adrénaline, l'urgence de son instinct le conduisant à s'approcher. Était-ce un autre chercheur, ou peut-être un spectre conjuré par les pages qu'il avait tournées ? Alors qu'il s'approchait, la silhouette murmura d'une voix à peine audible dans le silence de la bibliothèque : « Es-tu prêt à porter le fardeau de ce que tu cherches ?

Les mots restèrent suspendus dans l'air comme un fil fragile, et leur poids pesa sur la poitrine de Karim, lui coupant momentanément le souffle. Il ouvrit la bouche pour répondre, mais le doute s'empara de lui, le rendant muet. La silhouette se pencha plus près, ses traits obscurcis, comme pour se moquer de la clarté que Karim recherchait désespérément. La connaissance est un vaste réservoir, certes, mais ses profondeurs peuvent noyer ceux qui s'y aventurent sans prudence. Dans un mouvement brusque, la silhouette se fondit dans l'ombre, laissant Karim seul face aux implications de son avertissement inquiétant.

Le cœur battant à tout rompre, Karim retourna au manuscrit, son regard attiré inexorablement par les diagrammes encrés qui cartographiaient les vents du destin, les courants de possibilités convergeant vers le cœur même de Tunis. Il avait l'impression qu'une force invisible le poussait dans le dos, l'incitant à découvrir s'il pouvait naviguer dans ce labyrinthe de connaissances sans se perdre. La bibliothèque se transforma devant lui en un dédale, chaque choix débouchant sur des territoires inconnus, menaçant de fracturer son sens de la réalité.

Alors qu'il tendait à nouveau la main vers le manuscrit, le tremblement de ses mains se transforma en une tempête intérieure. Il était entré dans le Nexus de la Connaissance, mais les vannes de la compréhension menaçaient de s'ouvrir en grand, chaque mot étant un poignard potentiel dans sa quête de la vérité. C'était une danse séduisante à la lisière de la folie, et il percevait le souffle de l'infinie réserve l'envelopper tel une étreinte glaciale, lui chuchotant non seulement le potentiel, mais également les conséquences désastreuses..

***

II
Convergence des vents

Karim ressentit une sensation d'éveil en lui alors que la lune traversait le ciel noir d'encre de la Tunisie, donnant aux rues sinueuses de la médina une teinte argentée. La douce illumination semblait insuffler la vie à son environnement, déplaçant les ombres au milieu des étals animés du marché. Il se souvint des notes fragmentaires du Dr Horn, qui mentionnaient la convergence des vents et leur lien avec les cycles lunaires. Un thème qui résonnait désormais dans son esprit, en accord avec les schémas qu'il avait fini par comprendre. Cette anticipation de ce qui allait arriver ajoutait une touche d'intrigue à son voyage.

Karim se tenait au bord de la fontaine dans la cour, se remémorant les parfums de jasmin et d'épices qui flottaient dans l'air. Il pouvait presque sentir l'attraction de la lune, comme si son étreinte gravitationnelle avait tissé des fils de mémoire à travers la trame même du temps. Horn avait suggéré que ces phases lunaires n'étaient pas juste des repères célestes, mais également des moments de potentiel, où les énergies de la Terre et du ciel se rencontraient, créant des ponts vers des royaumes inexplorés et murmurant les secrets du destin.

Une ombre bougea dans le coin de son œil, le poussant à se retourner, désireux d'en trouver la source. La silhouette, bien qu'indistincte, dégageait une aura familière, comme si elle appartenait à un rêve depuis longtemps oublié. C'était comme si la phase de la lune orchestrait une danse entre le passé et le présent, et Karim, pris dans son rythme, s'approcha. Plus il approfondissait la compréhension des cycles lunaires de Horn, plus il se sentait lié à quelque chose de plus grand que lui, une synchronisation cosmique menaçant de défaire les limites de sa réalité.

Alors que le crépuscule s'intensifiait, les ombres s'allongeaient autour de lui, la tranquillité inquiétante se transformant en une tension aiguë qui vibrait dans l'air. Karim réalisa que cette nuit était une convergence, une nuit qu'il avait méticuleusement notée dans les notes de Horn. L'air bourdonnait de promesses et de craintes tacites, lui rappelant les paroles prudentes de Selma au sujet des cartes qui traçaient des territoires d'où l'on ne pouvait revenir. Son cœur battait à tout rompre tandis qu'il suivait distraitement les gravures sur le papier usé, contemplant le choix qui s'offrait à lui : s'engager pleinement dans l'inconnu ou se replier dans la sécurité de ses poèmes traduits. Le poids de sa décision pesait lourdement dans l'air, rendant la gravité de ses choix palpable pour les lecteurs.

Chaque tic-tac de l'horloge résonnait dans son esprit, amplifiant l'urgence de ses prochaines actions. La lueur lunaire au-dessus de lui changeait, projetant une lumière éthérée sur les pavés comme un signe du destin. Le monde autour de lui semblait vivant, plein de possibilités, scintillant à ses contours comme le mirage de Sidi Bou Saïd. Qu'est-ce qui l'attendait de l'autre côté de ce seuil temporel ? Pourrait-il décoder la convergence des théories de Horn et manifester les vents mythiques Anemoi, ou n'était-il qu'un autre chercheur destiné à se perdre dans le labyrinthe de la médina ? L'attrait de l'inconnu était palpable, alimentant sa curiosité et son désir d'en découvrir davantage.

Alors que la lune atteignait son apogée, il trouva la force dans sa détermination. La convergence était proche, un moment suspendu entre deux respirations. Une décision, un saut dans un espace nébuleux où la connaissance et la folie se rejoignaient. Karim s'avança, le cœur battant comme les tambours lointains qui résonnaient depuis les souks, le poussant à suivre les vents et à embrasser tout ce qui se trouvait au-delà du voile du moment présent.

Alors que le soleil plongeait sous l'horizon, projetant une teinte dorée sur la médina, Karim se tenait au bord de son petit appartement, contemplant les notes laissées par le Dr Horn. L'air était chargé de l'odeur des épices provenant des souks voisins, et il ressentait l'attrait familier des rues labyrinthiques de la ville, chaque virage et chaque tournant étant une révélation potentielle qui attendait de se dévoiler devant lui. Chaque fragment des écrits de Horn semblait danser dans son esprit, l'incitant à décoder les mystères qui s'y entremêlaient.

Karim étala soigneusement les fragments sur sa table encombrée, plissant les yeux pour déchiffrer l'écriture griffonnée de Horn, dense en métaphores et en promesses insaisissables de connaissance. La notion d'« Anemoi Mapping » l'attirait comme une énigme qu'il devait résoudre ; c'était un concept développé par Horn, une méthode permettant de déchiffrer l'intersection des vents et des phases lunaires. C'était comme s'il pouvait presque sentir les vents du destin tourbillonner à travers les pages, lui chuchotant des secrets qui restaient hors de portée. Alors qu'il lisait un passage spécifique sur l'intersection des vents et des phases lunaires, les poils de sa nuque se hérissèrent, déclenchant en lui une urgence électrique.

À ce moment-là, le silence de son appartement lui semblait suffocant. Il avait besoin de s'immerger dans la réalité physique de la médina, de poursuivre les échos des pensées de Horn dans les rues mêmes qui avaient longtemps dissimulé leur propre sagesse. Serrant les notes comme une bouée de sauvetage, il sortit dans les rues crépusculaires, les ombres s'allongeant autour de lui, animées par les sons lointains des rires et le doux bruissement des tissus dans la brise du soir.

Karim parcourut les ruelles sinueuses, les sens en éveil. Chaque coin de la médina lui offrait de nouvelles perspectives, familières, mais curieusement modifiées, comme si la ville elle-même réagissait à sa présence. Les rues lui murmuraient en retour ; les rires des enfants se transformaient en un écho lointain d'un vers soufi qu'il avait traduit il y a longtemps, l'appelant à s'enfoncer plus profondément dans ses replis. L'essence même de la ville pouvait-elle être le reflet des théories de Horn ? Était-il possible que les vents eux-mêmes portaient le poids des souvenirs, le guidant vers les vérités profondes qu'il aspirait à découvrir ?

Peu de temps après, il se retrouva devant une fontaine usée par le temps, dont les eaux scintillaient dans la lumière déclinante du crépuscule. Les notes de Horn avaient mis en évidence cet endroit précis, mais il semblait chargé d'une énergie qui dépassait le physique. L'eau ondulait, créant des motifs circulaires qui reflétaient les diagrammes complexes dans son esprit. Karim se pencha plus près, prenant une inspiration lourde de sens, comme si l'air lui-même s'était épaissi, anticipant son prochain mouvement.

Avec une soudaine rafale, le vent du sirocco se leva, une force puissante et souvent imprévisible dans la région, lui donnant des frissons dans le dos. Il semblait l'appeler, le conduisant à plonger dans l'inconnu. La convergence dont Horn avait parlé paraissait imminente. Un moment où les fils du destin et de la mémoire s'entremêleraient pour former une tapisserie de révélations. Pourtant, l'inquiétude lui serrait le cœur alors qu'il réfléchissait aux implications. Était-il prêt à accepter les vérités qui l'attendaient, ou la quête de ce savoir le mènerait-elle vers l'abîme contre lequel Horn l'avait mis en garde ?

Alors que l'obscurité enveloppait la médina, une atmosphère inquiétante s'installa, comme si la ville elle-même retenait son souffle. Les lanternes vacillantes dansaient dans l'ombre, leur lumière révélant des silhouettes fugaces à la périphérie. Qui étaient-elles ? Le pouls de Karim s'accéléra, et le battement de cœur de la ville paraissait se synchroniser avec le sien. C'est alors qu'il comprit que les vents du changement n'étaient métaphoriques qu'en apparence ; en réalité, ils étaient la manifestation de son propre voyage en cours, et le chemin qu'il parcourait était chargé des échos de son propre passé.

À ce moment-là, le poids de sa quête devint limpide. Il se tenait au bord du précipice de la révélation, prêt à dévoiler les énigmes qui entremêlaient son destin, celui de Horn et l'essence même de la ville. Mais, alors que les vents de la médina commençaient à tourbillonner avec une intensité croissante, Karim sentit la nature précaire de ce qui l'attendait ; l'illumination était tissée avec les fils de la folie, et l'inconnu était une arme à double tranchant.

À mesure que les phases lunaires changeaient, Karim sentit une impulsion électrique en lui, comme si la structure même de la connaissance vibrait, l'invitant à tisser un récit à partir des fils fragmentés de l'expérience qu'il avait accumulée. La convergence des vents que Horn avait si obsessionnellement décrite dans ses notes commença à surgir dans l'esprit de Karim comme un fantôme, séduisant et insaisissable. Il avait la conviction que les réponses qu'il recherchait ne résidaient pas uniquement dans les écrits et les illustrations dispersés au sein de la villa de Horn, mais également dans les ruelles en constante évolution de la médina elle-même.

Karim ferma les yeux et traça les lignes des cartes de Horn dans l'air du bout des doigts, chaque courbe reflétant un souvenir, un lieu, une pensée fugitive. La ville respirait autour de lui alors qu'il plongeait plus profondément dans les couches de la perception, comprenant que chaque instant passé dans la médina avait le potentiel de dévoiler une nouvelle pièce du puzzle. L'odeur des épices des souks s'infiltrait par sa fenêtre, le remplissant d'un sentiment de nostalgie et d'urgence, comme si chaque bouffée d'air se tordait à travers le temps, toujours présente, et toujours hors de portée.

Il repartit, poussé par un besoin insatiable de relier les points entre les théories murmurées par Horn et ses propres expériences. Dès qu'il pénétra dans le cœur bruyant de la médina, Karim sentit l'air changer, conscient qu'il était guidé par des mains invisibles. Les coins de rue familiers se transformèrent, le menant vers des escaliers cachés et des fontaines oubliées depuis longtemps. Chaque pas était rythmé, synchronisé avec les échos sourds de la ville. Ce battement de cœur résonnait avec sa propre curiosité palpitante.

Au cours de ses errances, il s'arrêta dans un petit café, où l'odeur du café torréfié se mêlait aux notes florales du jasmin dans l'air. Là, il surprit une conversation entre deux hommes, dont les mots résonnaient avec une familiarité obsédante. Les phrases qu'il avait traduites lui revinrent en mémoire, réveillant des souvenirs de solitude et de nostalgie poétique. Karim s'accrocha à ces fils, chaque syllabe devenant un lien, un pont vers la compréhension des courants métaphysiques que Horn avait eu du mal à définir.

Le soleil descendait dans le ciel, projetant une teinte dorée sur le labyrinthe complexe de la médina, alors qu'il s'approchait de la boutique d'antiquités de Selma bin Hazm. Chaque fois qu'il venait chercher sa sagesse, il trouvait quelque chose de différent qui l'attendait. Des secrets enveloppés d'énigmes et des artefacts murmurant leurs propres histoires. Aujourd'hui, elle réorganisait une collection d'astrolabes poussiéreux, ses doigts dansant sur leur surface avec une révérence qui semblait insuffler la vie au calme de la boutique.

« Écoute attentivement, Karim », dit Selma d'une voix douce et pleine de sens. « Le souffle de la ville révèle des schémas, mais c'est à toi d'interpréter les signes. Les cartes peuvent te guider vers des lieux, mais seul ton cœur peut te mener à la vérité qui se cache en eux. »

Son regard plongea dans le sien, le contraignant à pénétrer les couches de sens qui se déployaient constamment autour de lui. Les astrolabes, expliqua-t-elle, pouvaient mesurer l'inclinaison des murmures. Pourtant, chacun d'entre eux avait son défaut. Une fissure, reflétant peut-être les imperfections inhérentes à leur savoir.

Karim sentit le poids de ses mots s'installer en lui. Il quitta la boutique avec un sentiment renouvelé de détermination, méditant sur son trésor métaphorique. Son cœur battait à tout rompre alors qu'il se rappelait les notes de Horn sur la convergence, reconnaissant que le moment était imminent. Les limites de sa propre compréhension avaient commencé à s'estomper, le poussant à prendre des risques qu'il n'avait jamais osé prendre auparavant. S'il devait vraiment partir à la recherche de Horn, il devrait accepter l'incertitude, risquant de se diriger vers des précipices qui pourraient le mener dans des royaumes au-delà de sa compréhension.

Alors que le crépuscule enveloppait la médina, Karim chercha la fontaine qu'il avait visitée quelques jours auparavant. Son eau, argentée par la lueur de la lune, scintillait sous la lumière déclinante du soleil. Il sentait que cet endroit faisait partie intégrante de la convergence dont Horn avait parlé. Mais lorsqu'il arriva, une rafale de vent agita la surface de l'eau, créant des vagues chaotiques qui lui rappelaient le tourbillon de pensées qui se bousculaient dans son esprit. Était-il sur le point d'avoir une révélation ou simplement pris au piège d'une illusion ?

Karim se pencha au-dessus de la fontaine, captivé par les fragments d'un souvenir qui dansaient juste hors de portée. Les échos du passé l'envahirent ; des images de Horn, des histoires sur les vents et la clarté aiguë d'une décision se cristallisaient en lui. Alors que la lune montait plus haut dans le ciel, sa lumière argentée révélant les contours cachés de la ville, il comprit : il ne s'agissait pas simplement de relier les points de son voyage, mais d'embrasser les chemins ambigus qui l'avaient conduit à ce moment charnière.

12
Le point de décision

Karim se tenait près de la fenêtre de son appartement exigu, silhouette solitaire dans un tableau qui attendait les coups de pinceau pour prendre vie. Le quartier de Halfaouine s'animait sous ses yeux. Cependant, il se sentait isolé, écrasé par le poids du monde alors que le crépuscule tombait sur Tunis. Il tenait les notes fragmentées de Horn entre ses mains tremblantes, les mots dansant devant ses yeux comme des fantômes du passé. Chaque ligne résonnait avec urgence, la convergence des vents métaphysiques se rapprochant. Le temps glissait entre ses doigts comme du sable, et il sentait la pression d'une horloge invisible qui tic-tac derrière lui.

Achever la carte Anemoi, une création complexe et énigmatique, était devenu une obsession pour Karim. C'était un labyrinthe de pensées, chaque chemin devenant plus sinueux à chaque instant qui passait. Il se pencha sur ses croquis et ses notes, désespéré de donner un sens aux chemins qu'il avait tracés à travers la médina. L'essence des théories de Horn, que la carte était censée élucider, ressemblait à un chant de sirène, enivrant et chargé de périls. Et s'il osait suivre les courants qu'il avait tracés sur la carte ? Se retrouvera-t-il perdu dans le chaos de la carte et de la réalité qui s'entremêlaient, chaque tournant le conduisant plus profondément dans un abîme sans retour ?

À chaque scintillement de la bougie, les souvenirs de son existence solitaire le rongeaient. Allait-il tout risquer — sa vie recluse, sa réalité perçue — pour avoir une chance de comprendre les vérités plus profondes que Horn avait laissées entrevoir ? Alors que les derniers rayons du crépuscule se fondaient dans la nuit, un murmure commença à se déployer en lui, une tension entre la peur et l'exaltation qui reflétait la ville à l'extérieur, où les ombres s'allongeaient et où les secrets attendaient.

Pourtant, le doute, insidieux et persistant, s'insinuait dans son esprit. Qu'est-ce qui l'attendait au seuil de cette décision ? Le fait de compléter la carte lui apporterait-il l'illumination, ou allait-il se retrouver pris dans un cauchemar labyrinthique dont ni lui ni Horn ne pourraient sortir ? Le choix semblait presque primordial, et tandis qu'il suivait les courbes élégantes de la carte, l'encre révélait des motifs qui scintillaient comme des fils de destin étincelants. Chaque respiration devenait plus lourde, chaque battement de cœur lui rappelait que demain pourrait le mener vers l'inconnu, vers la convergence des vents métaphysiques, métaphore des forces du destin et du choix qui le rapprochaient d'un moment décisif.

Alors qu'il posait son stylo sur le dernier détail, une rafale de vent s'engouffra par la fenêtre ouverte. Le sirocco, peut-être, lui rappelant les paroles obsédantes de Selma : « Certaines cartes tracent des territoires d'où l'on ne peut revenir. » Le cœur de Karim battait à tout rompre, pris entre le confort familier de ses anciennes habitudes et le saut intimidant vers des possibilités énigmatiques. Une seule décision se dressait devant lui, un carrefour qui pourrait modifier à jamais l'atlas de son existence et le rapprocher du destin spectral de Horn ou le libérer dans une compréhension au-delà de l'entendement.

À ce moment-là, le poids de la carte se cristallisant en un firmament singulier de détermination, il hésita. La convergence des vents métaphysiques n'était plus une simple théorie ; elle se profilait comme un spectre, son visage caché derrière les replis de l'incertitude. Compléter la carte lui donnait l'impression de franchir un seuil impitoyable. Il se demanda. Serait-ce le moment qui illuminerait tout ce qu'il avait toujours recherché, ou révélerait-il une vérité obscure, l'entraînant dans les profondeurs où aucune lumière ne pouvait pénétrer ?

Alors que le soleil plongeait derrière l'horizon, projetant une lueur dorée sur la médina, le cœur de Karim battait à tout rompre dans sa poitrine. Il se tenait au seuil de sa décision, le poids des notes fragmentées de Horn pesant lourdement sur ses pensées. Terminer la carte Anemoi semblait obsolète, mais impératif, la convergence l'appelant avec des promesses de connaissance mêlées de folie. Les murmures du vent dans les rues pavées paraissaient faire écho aux visions de ses rêves. Des aperçus fragmentés de personnages oubliés et de vérités intemporelles cachées dans les replis du tissu urbain, rappelant l'histoire de la ville et les secrets qu'elle renfermait.

Il pouvait presque entendre la voix de Selma, un avertissement doux entrelacé d'énigmes : « Certaines cartes tracent des territoires d'où l'on ne peut revenir. » Le parfum du jasmin en fleurs flottait dans l'air, épais et enivrant, comme s'il l'invitait à s'enfoncer plus profondément dans les ruelles labyrinthiques. À ce moment-là, il se sentit attiré, pris entre l'attrait et le danger, chaque battement de son cœur le poussant à se rapprocher de l'abîme qui se trouvait au-delà du connu.

Les détails de sa création se dévoilèrent devant son œil intérieur : les chemins entrelacés du destin représentés sur sa carte, un document vivant et respirant qui reflétait non seulement la géographie, mais encore les doux courants de la mémoire et des possibilités. Des pensées concernant Horn traversèrent son esprit. Le savant estimé avait-il disparu dans ce vide même ? Avait-il trouvé une vérité supérieure dans ses profondeurs ?

Les ombres s'allongeaient sur les murs tandis qu'il passait son doigt sur le parchemin délicat, laissant libre cours à ses hésitations. Les derniers traits le mettraient sur une voie sans retour. Les mains de Karim tremblaient tandis qu'il tenait le stylo à boussole, sentant le poids des conséquences peser sur sa détermination. Était-il prêt à plonger dans la tempête, à affronter le chaos de l'illumination ?

Dehors, le vent se mit à hurler, faisant écho au tumulte qui régnait en lui. La convergence dont ils avaient chuchoté à voix basse était sur le point de se produire, l'air même était chargé d'une possibilité électrique. Karim recula, son regard se fixant sur le crépuscule grandissant qui imprégnait l'air de secrets. À ce moment-là, une question se posa à lui : qu'est-ce qui l'attendait dans l'abîme ? L'illumination ou la folie irrévocable ?

La résignation l'envahit, mêlée à la peur. Peut-être que l'abîme n'était pas quelque chose à affronter seul. Le souffle tremblant, Karim sentit l'obscurité envahissante sous chaque couche de ses réalités soigneusement construites ; le moment était venu d'embrasser ces ombres. Allait-il se réfugier dans la sécurité, ou oserait-il tisser les fils de son existence dans les vents imprévisibles qui balayaient les rues de Tunis ?

Alors que les dernières traces de lumière du jour disparaissaient, Karim se retrouva debout au bord du précipice, une silhouette solitaire suspendue entre deux mondes, l'écho du cœur de la ville résonnant dans son âme. Il prit une profonde inspiration, l'air chargé d'histoire et de possibilités, et se prépara à plonger dans l'incertitude qui l'attendait. Il comprit que ce choix ne lui appartenait plus. Le souffle de la ville était devenu le sien, et maintenant, il l'invitait à faire un pas vers l'inconnu.

***

Karim se tenait devant les morceaux de sa carte Anemoi, en désordre, et il ressentait une grande pression. Une cacophonie d'émotions, de peurs et de désirs inexprimés surgissait comme les vents mêmes qu'il cherchait à saisir. Ici, dans le sanctuaire de son appartement encombré surplombant le quartier animé de Halfaouine, il ne pouvait plus éviter le choix qui se profilait devant lui : finaliser la carte et plonger dans les profondeurs de ses révélations ou s'en aller, laissant le poids de la connaissance inexploré.

Dehors, la médina vibrait de vie, le bruit des marchands négociant et l'arôme des épices se mêlaient au parfum du jasmin et du sel marin. Pourtant, en lui, un abîme résonnait plus fort. Cet abîme lui apporterait-il l'illumination ou le plongerait-il dans la folie ? Chaque choix planait comme un spectre. Il imagina Horn, peut-être à l'aube d'une vérité scandaleuse, ou perdu dans les labyrinthes métaphysiques qu'il avait cherché à explorer. Un esprit brillant enchaîné par les conséquences de ses recherches.

Les pensées de Karim tourbillonnaient tandis qu'il réfléchissait aux ramifications de sa décision. Suivre la voie de Horn pouvait signifier découvrir des vérités profondes et révéler les coins les plus sombres de la réalité qui étaient restés cachés. Il pouvait presque entendre les avertissements énigmatiques de Selma sur la nature de ces cartes, lui rappelant que chaque pas fait sans précaution pouvait entraîner des conséquences périlleuses. À présent, le choix qui s'offrait à lui ressemblait à une danse délicate entre le frisson de la découverte et le lourd manteau de la responsabilité.

La profondeur de son engagement pesait sur lui, serrant sa poitrine comme l'étreinte du vent du sirocco qui balayait La Marsa, imprévisible et implacable. Ses doigts tremblaient légèrement en effleurant le papier, où l'encre des pensées de Horn s'était accumulée comme les eaux du lac de Tunis, sombres et insondables. S'il achevait la carte, deviendrait-il l'architecte de son destin ou simplement un autre personnage fragile dans l'histoire de Horn ? Un récit édifiant mettant en garde contre les profondeurs dans lesquelles on peut s'enfoncer lorsqu'on cartographie les intersections du destin ?

Karim inspira profondément, les odeurs familières du café et du vieux parchemin lui offrant un réconfort éphémère au milieu de la tempête d'incertitude qui agitait son esprit. Le choix flottait dans l'air, attendant qu'il le saisisse. La ville à l'extérieur l'appelait comme si elle détenait les réponses à ses questions non posées, tandis que les échos du passé murmuraient des secrets que lui seul pouvait traduire. Il pouvait sentir le pouls de Tunis, confluent de ses propres peurs et désirs, le conduisant vers une clarté à la fois séduisante et dangereuse.

Alors que sa résolution commençait à se cristalliser, les ombres dans la pièce se déplacèrent subtilement, jetant un nouvel éclairage sur les frontières fragiles de sa réalité. Karim serra les mâchoires, fixant la carte, le cœur battant à tout rompre sous le poids de toutes les conséquences potentielles. Un murmure dans le temps s'enroula autour de sa gorge. Dans cet instant fugace, il ressentit le vertige des possibilités et comprit que le choix qu'il allait faire ne concernait pas simplement l'achèvement d'une carte, mais la compréhension de qui il était dans le labyrinthe tentaculaire de l'existence qui se déployait devant lui.

Après avoir pris une profonde inspiration et surmonté son hésitation, il saisit son stylo, l'encre telle une baguette de chef d'orchestre, prêt à déclencher la symphonie qui l'attendait au-delà de ce moment décisif. Alors qu'il s'apprêtait à sculpter son destin, les vents agités du changement balayèrent son esprit, s'entremêlant à ses pensées et se déployant dans une danse complexe entre le destin, la mémoire et les possibilités. Tous ces vents tourbillonnaient vers le cœur de Tunis, le propulsant vers l'inconnu.

13
Le seuil de la réalité

Alors que Karim se tenait au bord du lac de Tunis, dont les eaux scintillaient sous le soleil de fin d'après-midi, il ressentit une attraction inquiétante, comme si la réalité elle-même l'invitait à plonger sous sa surface. Le lac était un espace liminal, un seuil entre le monde connu de la médina animée et le vaste inconnu qui s'étendait au-delà. Il hésita, sentant un nœud se former dans son estomac ; la possibilité de s'aventurer dans l'inconnu était à la fois exaltante et terrifiante, mais indéniablement séduisante.

L'air était chargé de l'odeur du sel marin et du jasmin, enivrante et lourde de sous-entendus plus profonds, plus primitifs. Karim se souvint des paroles de Selma, de ses avertissements sur le souffle de la ville et les cartes qui pouvaient induire en erreur. Le poids de son astrolabe dans son esprit était palpable, cet instrument imparfait qui semblait toujours suggérer que tous les chemins n'étaient pas sûrs. Était-il prêt à naviguer dans ces eaux inconnues où la réalité se confondait avec l'illusion ?

La surface du lac dansait dans le vent, les ondulations déformant autant la lumière que les reflets. Karim repensa à son voyage jusqu'à présent, aux fragments des notes de Horn qui l'avaient conduit à ce moment précis. Chaque rencontre, les vers murmurés de la poésie soufie, les énigmes partagées avec Selma, les aperçus fugaces des personnages historiques dans la médina, avaient été une étape vers la révélation d'une vérité plus globale. Et pourtant, la clarté paraissait insaisissable, comme la surface scintillante qui refusait de lui montrer ses profondeurs.

Il fit un pas en avant, ses pensées tourbillonnant comme les courants du lac. Chaque respiration le remplissait d'appréhension et de la promesse d'une découverte. Qu'y avait-il sous la surface ? La connaissance ? L'illumination ? Ou la folie ? Alors que les ombres s'allongeaient et que le crépuscule enveloppait la terre, le lac se transforma, ses profondeurs sombres reflétant un monde à la fois familier et étranger. Le cosmos au-delà de l'horizon s'entremêlait avec la conscience qui l'habitait. Karim pouvait goûter à la puissante possibilité de ce qui l'attendait, plus palpitante que tous les poèmes qu'il avait jamais traduits. Son combat était réel, son voyage intense.

Après un dernier regard vers les rives familières de la ville, Karim plongea dans l'eau. La fraîcheur l'enveloppa et il ressentit l'ivresse exaltante d'être suspendu entre deux mondes. Le silence l'enveloppa, ponctué seulement par les échos lointains de son propre cœur. À mesure qu'il s'enfonçait, les limites de la logique commencèrent à se dissoudre, se décomposant comme les motifs complexes des cartes étranges de Horn, révélant une complexité cachée d'intersections et de décisions. Karim n'était pas seulement un observateur passif ; il était à la fois créateur et création dans cet espace énigmatique.

Mais dès que la clarté émergea des profondeurs, un courant rapide tenta de l'entraîner vers le fond. Des souvenirs défilèrent devant ses yeux. Des fragments de conversations, le rythme du souffle de la ville et une question obsédante issue de l'énigme de Selma : « Certaines cartes tracent des territoires d'où l'on ne peut revenir. » Trouverait-il la connaissance qu'il recherchait, ou serait-il pris au piège dans ses courants entrelacés, perdu à jamais ?

Alors qu'il luttait contre l'attraction des profondeurs, la tension de son choix l'emporta sur le peu de confiance qu'il avait réussi à rassembler. Il prit conscience que plonger dans cet espace liminal n'était pas seulement un acte de courage, mais une confrontation avec sa propre identité, ses croyances et ses peurs. Faire demi-tour était dangereux en soi, mais aller de l'avant invitait à des spirales inconnues de temps, d'espace et de conscience que Horn avait suggérées sans jamais les révéler complètement.

Ses poumons commençaient à lui faire mal, mais Karim continua d'avancer, déterminé à percer le secret du lac. Alors que l'eau l'enveloppait, il sentit les anciens murmures de la connaissance le traverser, l'incitant à s'enfoncer plus profondément dans les bras de l'inconnu. Ce qui l'attendait restait incertain, mais une chose était claire : le seuil de la réalité, un concept avec lequel il s'était débattu dans ses études philosophiques, n'était plus une simple frontière. Il est un passage transformateur vers quelque chose de profondément énigmatique.

***

Alors que Karim se tenait au bord de l'eau, la surface ondulante du lac de Tunis semblait relier deux mondes, murmurant des secrets qui titillaient ses sens. Le crépuscule projetait de longues ombres sur l'eau, donnant à l'espace une impression à la fois d'infini et de confinement. Il inspira profondément, le parfum du sel se mêlant à l'humidité de l'air, comme si le lac lui-même respirait avec lui. Pour lui, c'était le sanctuaire où la connaissance jaillissait et vacillait, et où le poids de chaque question sans réponse pesait comme les lourds nuages qui s'étendaient à l'horizon.

C'est ici, à ce carrefour entre réalité et illusion, qu'il réfléchissait à la structure même de la compréhension. Les équations griffonnées dans les notes de Horn clignotaient dans son esprit comme des lucioles dans l'obscurité, suggérant des points de connexion dans le labyrinthe de la vie, mais chaque connexion semblait malheureusement incomplète. Se tenant si près de la surface, il sentait l'attraction magnétique des vérités qui lui échappaient, des mystères planant juste au-delà des limites de la compréhension. Qu'y avait-il au-delà de la rationalité de ses traductions, au-delà des frontières établies de la logique et de l'intellect?

Dans la pénombre, il se souvint des avertissements énigmatiques de Selma : « Certaines cartes tracent des territoires d'où l'on ne peut revenir. » L'essence même de la connaissance était devenue un jeu séduisant et périlleux. Oserait-il suivre son instinct plus loin dans les profondeurs ? La convergence à laquelle Horn avait fait allusion n'était pas seulement une fusion de corps célestes, mais une synthèse du tangible et du spectral. Il imagina une réalité où les possibilités s'étendaient à l'infini et où il pouvait faire disparaître les barrières de sa vie ordinaire et mesurée.

Cependant, à chaque instant qui passait, un malaise lancinant commençait à grandir en lui. Alors qu'il se penchait vers le lac, un frisson surnaturel lui parcourut l'échine. Était-il prêt à affronter l'abîme qu'il sentait se cacher dans l'eau ? Franchir le seuil de la connaissance mènerait-il à l'illumination ou à la folie ? Karim frissonna à cette pensée, sentant qu'une partie de lui-même était au bord d'une révélation profonde et d'un vide insupportable.

Les reflets sur le lac dansaient de manière moqueuse, ressemblant désormais à des formes anciennes qui laissaient entrevoir des secrets perdus et des chemins indéfinis à travers le temps. Alors que le vent hurlait à ses oreilles, Karim comprit qu'il se trouvait au bord d'une décision qui pourrait bouleverser son existence même.

Curiosité ou peur ; connaissance ou inconnu ? Le souffle coupé par l'anticipation, le bourdonnement du monde autour de lui s'intensifia, et le seuil l'invita à s'avancer dans le chaos inconnu qui se trouvait juste au-delà.

***

Alors que Karim se tenait au bord du lac de Tunis, les eaux scintillaient sous la lumière vacillante du soleil couchant, projetant une teinte dorée qui estompait la frontière entre la terre et le ciel. Le lac reflétait son trouble intérieur ; tout comme la surface passait de la solidité à la fluidité, sa perception de la réalité devenait moins certaine. Les vagues venaient lécher le rivage, faisant écho à des murmures depuis longtemps oubliés, des contes tissés dans les ruelles labyrinthiques de la médina, des contes qu'il avait commencé à remettre en question, tandis que des ombres dansaient à la périphérie de son champ de vision.

Il se souvenait des paroles de Selma, prononcées avec sa cadence éthérée : « Ce que tu perçois, mon cher, se cache parfois dans les replis d'une illusion. La vérité est souvent aussi insaisissable que les eaux devant toi. » C'était une énigme qui le taraudait, le poussant à s'interroger sur le voile ténu qui séparait la sagesse de l'illusion. Chaque coin qu'il tournait dans la médina lui semblait être une flamme vacillante dans l'obscurité, illuminant des fragments de connaissance tout en projetant des ombres plus profondes qui menaçaient de l'engloutir.

La convergence de ses pensées se succédait comme les courants sous la surface du lac, bouillonnant d'une anxiété grandissante. Il avait passé d'innombrables nuits à rassembler les notes éparpillées de Horn, pour finalement se rendre compte que certaines vérités pourraient lui échapper à jamais. Cherchait-il vraiment la connaissance, ou poursuivait-il simplement des fantômes de perspicacité, chaque révélation l'entraînant plus profondément dans l'illusion de la compréhension ? La question restait en suspens, lourde de tension. Il scruta l'horizon, où le soleil descendait, se demandant s'il contemplait une vérité peinte dans les couleurs vives du crépuscule ou s'il s'agissait simplement d'un mirage, se dissolvant à mesure qu'il tendait la main vers lui.

À chaque respiration, les eaux du lac semblaient

murmurer le passé et l'invisible. Elles faisaient écho aux secrets de la disparition de Horn, empêtrant Karim dans un réseau de paranoïa et de curiosité. Soudain, la lumière s'estompa alors que les nuages s'amassaient, formant un lourd voile sur la scène autrefois animée. La chair de poule lui parcourut la peau, et lorsque les premières gouttes de pluie tombèrent, elles semblèrent enflammer l'air, aiguisant ses sens. Était-ce la convergence prédite dans les notes de Horn ? Le temps avait changé, tout comme l'atmosphère, lourde de promesses de révélations ou d'ambiguïtés effrayantes.

Il ne pouvait s'empêcher de se rappeler comment la ville avait changé autour de lui. Un labyrinthe en constante évolution qui reflétait son propre chaos intérieur. Chaque ruelle qu'il avait traversée lui semblait être un être vivant, palpitant d'histoires et de secrets, déformant le temps et faussant les perceptions. Il était devenu le cartographe de cette nouvelle réalité, traçant des chemins qui pourraient le mener à la connaissance ou à la folie. Il ressentait à la fois le frisson de la découverte et le poids d'un destin imminent qui pesait sur lui.

Alors que la pluie s'intensifiait, une étrange silhouette apparut de l'autre côté du lac. Sombre et floue, se dressant contre le déluge, presque comme si elle avait été invoquée des profondeurs mêmes des illusions auxquelles il était confronté. Le cœur battant à tout rompre, il essaya de discerner la forme, sentant les tentacules familières de la peur et de la fascination s'enrouler autour de son cœur. Était-ce un vestige persistant de Horn, ou l'incarnation de la connaissance que Karim recherchait ? La danse entre réalité et illusion pesait lourdement dans l'air, le moment s'étirait alors qu'il se préparait à faire un pas vers l'inconnu.

14
Le destin du cartographe

Le poids de l'héritage du Dr Horn pesait lourdement sur Karim alors qu'il était assis dans son petit appartement, entouré de notes éparpillées et de schémas incomplets. L'air semblait chargé de questions, et le silence stagnant faisait écho aux incertitudes qui tourbillonnaient en lui. Horn, le cartographe énigmatique, avait-il vraiment tracé la voie vers l'illumination, ou avait-il dévié vers le tourbillon fou de l'obsession ? Cette réflexion planait comme une ombre sur la quête de Karim.

Dans son esprit, Horn n'était pas seulement un personnage historique, il était le reflet des passions et des folies potentielles de Karim. Chaque note griffonnée plongeait Karim plus profondément dans le labyrinthe de la connaissance, le poussant à se demander si Horn avait découvert une vérité qui dépassait la simple compréhension. Chaque fois qu'il retraçait la carte Anemoi, un mélange d'excitation et de peur le parcourait : et si cette quête ne révélait pas des vérités, mais davantage de couches d'énigmes ?

Soudain, un frisson lui parcourut l'échine lorsqu'il se souvint des énigmes de Selma. « Certaines cartes tracent des territoires d'où l'on ne peut revenir », l'avait-elle averti, sa voix résonnant dans son esprit. Était-il proche d'un précipice similaire ? Chaque lieu qu'il visitait résonnait de manière inconfortable avec un sentiment d'inévitabilité ; le parfum de jasmin qui emplissait l'air de la médina, les murmures qui dansaient entre les ombres, tout devenait plus vif, plus urgent. Qu'est-ce qui l'attendait à La Marsa le soir de la convergence ? Le moindre aperçu de la vérité lui apporterait-il l'illumination ou le plongerait-il dans le chaos ?

La frontière autrefois claire entre l'ordinaire et l'extraordinaire commençait à s'estomper, suggérant que la disparition de Horn pouvait provenir de la connaissance même qu'il cherchait à dévoiler. Comme des volutes de fumée, le souvenir de la passion de Horn s'entremêlait avec des fils de folie, rendant la question douloureusement personnelle pour Karim. Les cartes qu'il construisait n'étaient pas seulement théoriques. Elles prenaient vie avec des possibilités, imprégnées du pouls palpable du souffle de la ville.

Les genoux flageolants et le cœur battant à tout rompre, il jeta un coup d'œil à l'horloge. Le temps lui avait échappé, et la convergence se rapprochait, mais les réponses restaient insaisissables. Karim réalisa que son choix n'était

plus seulement académique ; il s'était transformé en un voyage personnel, où le succès ou
l'échec avaient des conséquences bien plus importantes qu'il ne pouvait initialement le comprendre. L'ombre de la folie projetée par Horn
commença à l'envelopper, le liant à une soif insatiable de découverte. Trouverait-il la clarté dans
les profondeurs, ou serait-il englouti par les mystères labyrinthiques de la médina ?

Alors qu'il s'apprêtait à finaliser sa carte
Anemoi, il le sentit. Le poids indéniable de
l'héritage de Horn, à la fois phare et avertissement. L'appel de l'inconnu le submergea, l'exhortant à s'avancer dans les ruelles sinueuses où le
passé et le présent convergeaient. La réponse à la
question de savoir si Horn avait réussi ou échoué
l'attirait de plus en plus, et avec elle venait la vérité
que peut-être, dans la quête de la connaissance,
les deux résultats coexistaient, attendant d'être
découverts.

Alors que le soleil plongeait sous l'horizon, la

médina se transformait, les ombres s'allongeant et s'entremêlant comme des secrets chuchotés dans la lumière déclinante. Karim errait dans les rues étroites, ses sens en éveil, conscient d'une présence à la fois familière et lointaine. Les théories de Horn lui traversaient l'esprit, s'entremêlant avec le tissu même de la ville, comme si les pierres sous ses pieds renfermaient les échos anciens du passé.

Le parfum du jasmin se mêlait à la chaleur épicée du souk, chaque inspiration faisant remonter des souvenirs à la surface. Quand il s'arrêtait, il pouvait presque entendre des voix fugitives, vestiges de conversations lointaines, qui l'appelaient à travers les couches du temps. Elles montaient et descendaient comme la marée, laissant des traces de sagesse mêlées de nostalgie. Il se souvint des énigmes de Selma sur l'écoute du souffle de la ville, et il se concentra, essayant de démêler les fils de la tapisserie chaotique qui l'entourait.

À la tombée de la nuit, Karim s'approcha de la fontaine décrite dans les notes de Horn, un endroit banal enveloppé d'ombres. Elle bouillonnait doucement, chaque goutte scintillant comme une larme d'une autre époque. Il se pencha plus près, le cœur battant. Ici, lui avaient assuré les mots fragmentés de Horn, se trouvait un point de convergence où les vents métaphysiques pouvaient se rejoindre. Il pouvait le sentir. Une énergie puissante s'accumulait dans l'air frais. Elle l'enveloppait, l'invitant à plonger plus profondément dans le mystère qui occupait toutes ses pensées.

À chaque fragment de clarté, le doute s'insinuait. Était-il en train de se perdre dans cette quête, submergé par des cartes fragmentaires et des souvenirs fantomatiques ? Il regarda autour de lui, s'attendant presque à voir Horn lui-même apparaître dans l'ombre, un cartographe fantomatique le guidant à travers l'héritage des histoires oubliées. Silencieusement, il pesa le pour et le contre, mettant en balance la possibilité d'une révélation et l'idée obsédante de la folie qui le guettait, juste hors de sa portée.

Et puis, alors que l'incertitude menaçait d'éteindre la flamme vacillante de l'espoir en lui, il aperçut un mouvement du coin de l'œil. Karim se retourna brusquement. Là, à la lisière de la lueur de la fontaine, se tenait une silhouette. Translucide, presque scintillante. C'était une femme, vêtue d'une tenue rappelant les temps anciens, le visage obscurci, mais étrangement familier. En s'approchant, l'air de la nuit changea, portant une odeur de sel et de jasmin, à la fois agréable et troublante.

« Tu cherches la carte qui traverse le temps », dit-elle d'une voix mélodieuse, à peine plus forte que le bruit de l'eau qui tombait. «Mais prenez garde, car chaque chemin tracé mène non seulement à la connaissance, mais aussi à un choix. Un choix qui peut bouleverser la structure même de votre être. »

La ville palpitait autour de lui, animée par des ombres qui semblaient onduler en signe d'approbation. Le poids de ses paroles s'installa dans ses os alors qu'il s'efforçait d'en déchiffrer le sens. Était-ce un avertissement ou une invitation ? Soudain, l'air sembla plus lourd, chargé de l'électricité des possibilités et des dangers. Il resta figé, la paranoïa s'insinuant dans les recoins de sa conscience. Et si Horn n'était pas simplement perdu, mais avait traversé au-delà, dans des royaumes qu'il valait mieux laisser inexplorés ?

« Tu dois décider, Karim », insista-t-elle en s'approchant. « Vas-tu suivre les murmures qui te guident, ou vas-tu écouter le silence qui te recommande la prudence ? »

Alors que son regard se fixait sur le sien, la nuit

s'intensifiait, les ombres dansaient autour d'eux comme une berceuse envoûtante, faisant écho au tumulte qui bouillonnait dans son cœur. Les échos de la médina tourbillonnaient comme un brouillard enivrant, chaque souffle le mettant au défi de s'abandonner entièrement à la carte ou à l'abîme sombre qui l'attendait juste au-delà.

Alors que Karim errait dans la médina, ses pensées étaient un tourbillon d'émotions contradictoires. L'héritage de la connaissance était une arme à double tranchant : d'un côté, il offrait des chemins vers l'âme de la ville, mais de l'autre, il portait le poids d'une compréhension piégeuse. Le voyage de Horn au cœur de cet héritage mènerait-il à l'illumination ou au désespoir ? Les échos obsédants du passé murmuraient dans les ruelles étroites, s'entremêlant dans le tissu de ses pensées.

Le mélange enivrant d'épices et de jasmin emplissait l'air tandis qu'il se dirigeait vers une cour isolée. Ici, caché dans l'ombre des pierres anciennes, il avait souvent trouvé du réconfort. Un endroit où il pouvait s'asseoir et réfléchir, griffonnant des notes et des pensées au fur et à mesure qu'elles se déployaient dans son esprit. Aujourd'hui, cependant, l'atmosphère semblait différente, lourde d'anticipation. C'était comme si les pierres sous ses pieds vibraient des murmures de ceux qui étaient venus avant lui, leur sagesse persistante comme le parfum de la mer se mêlant à la poussière de l'histoire.

Karim commença à être envahi par un sentiment d'insignifiance. Il se souvint des théories ambitieuses de Horn sur la cartographie des Anémons et de leur implication selon laquelle la véritable essence de la ville pouvait être cartographiée à travers les nuances du temps et de la mémoire. Mais alors qu'il déroulait les restes déchirés des notes de Horn, il fut envahi par une peur lancinante : était-il simplement en train de documenter des couches d'illusion, ou était-il sur le point de déchiffrer une vérité profonde ? Cette pensée le hantait tandis qu'il passait ses doigts sur l'encre délavée, chaque ligne lui rappelant la disparition de Horn. Un témoignage des dangers potentiels qui accompagnaient la quête incessante de la connaissance.

À chaque instant qui passait, l'atmosphère

s'alourdissait, et Karachi ressentait le poids de la décision qui l'attendait. Devait-il aller de l'avant, résumer ses découvertes en une théorie cohérente, ou démanteler la construction qu'il avait si minutieusement assemblée ? Une ombre tomba sur la cour, le tirant de sa rêverie. Pendant un bref instant, Karim aperçut une silhouette au loin, enveloppée dans le tissu du crépuscule. Cette apparition ressemblait étrangement à Horn, un écho éthéré du cartographe qui avait arpenté ces rues bien avant lui.

Son cœur se mit à battre à toute vitesse et un sentiment d'urgence envahit l'atmosphère. Karim se tenait entre le passé et le présent, sentant le pouls de la ville s'accélérer autour de lui. Le parfum du jasmin s'intensifia, se mêlant à l'odeur des épices fraîchement moulues, l'entraînant plus profondément dans le labyrinthe de la médina. Pouvait-il se permettre de plonger dans cette danse métaphysique, d'explorer les échos qui l'appelaient depuis d'autres royaumes, ou allait-il succomber à la folie à laquelle Horn s'était risqué ?

Alors que la nuit commençait à envelopper les rues, les ombres s'allongeaient et murmuraient : « Choisis ».

Ce simple mot résonnait en lui, une invitation teintée d'appréhension. L'héritage de la connaissance n'était pas seulement une quête, c'était une hantise, un rappel des couches énigmatiques qui dissimulaient les vérités qu'ils recherchaient tous les deux. Les chemins tracés par leurs choix s'entremêleraient, façonnant des destins de manière invisible, comme les vents mercuriels qui transportaient des échos éphémères à travers l'âme même de Tunis. Karim sentait son emprise sur la réalité lui échapper alors qu'il se tenait au seuil de la révélation, le poids de l'héritage de Horn pesant lourdement sur lui.

15
Le souffle de la ville

Le soleil se couchait en projetant une lumière ambrée sur les chemins labyrinthiques de la médina. Karim se tenait au bord du lac de Tunis, épuisé et conscient. La ville était vivante, son souffle rythmé par des conversations lointaines, le murmure du sirocco qui se faufilait dans les ruelles, se mêlant à l'odeur du jasmin et des épices. C'est à ce moment-là, suspendu entre le possible et le poids de la connaissance, que Karim sentit le pouls de ses propres résolutions prendre forme. Il ne pouvait plus se réfugier dans la solitude, traduisant des vers oubliés tandis que le monde extérieur continuait de tourner, vibrant et indompté.

Ses rencontres avec Selma bin Hazm, dont les énigmes étaient empreintes de sagesse, résonnaient dans son esprit. "Écoute le souffle de la ville," l'avait-elle exhorté, d'une voix douce et insistante, l'incitant à explorer les espaces entre la connaissance et l'oubli. La prise de conscience le submergea comme une vague : il n'était plus seulement un traducteur de poésie, mais un cartographe potentiel des courants invisibles qui régissaient son existence, un rôle qu'il avait endossé en créant la carte Anemoi. Et s'il pouvait,

comme Horn, naviguer dans les couches profondes de la réalité, en utilisant la carte Anemoi
comme guide ? Mais le prix à payer le hantait,
tel un spectre lui murmurant les choix faits et les
chemins abandonnés.

Alors qu'il passait ses doigts sur les bords frois-
sés des notes de Horn, il ressentit un mélange
d'appréhension et d'exaltation. Chaque ligne vibrait de la promesse d'une découverte, mais les
implications plus sombres de son obsession commençaient à se manifester. Et si la convergence
décrite par Horn n'était pas seulement un alignement cosmique, mais une fracture temporelle ?
Et si cela modifiait non seulement la perception,
mais l'existence elle-même ? Le cœur de Karim
s'emballa à cette pensée, pris dans un tourbillon
de désir et de peur. À chaque respiration, il sentait que les frontières entre la clarté et la folie
n'étaient pas seulement minces comme du papier, mais qu'elles étaient des ombres éphémères,
changeant à chaque rafale de vent.

L'air du soir s'épaissit, comme chargé d'anticipation. L'esprit de Karim revint en arrière vers
les moments fragmentés qui l'avaient conduit ici
: l'odeur des souks, les échos de voix lointaines,
les silhouettes fantomatiques qui flottaient dans

la médina. Chaque expérience était un fil dans la tapisserie complexe de ce qu'il pouvait devenir. Et pourtant, le spectre de Horn le hantait. Le savant estimé avait-il découvert des vérités trop profondes pour être supportables ? Ou bien la connaissance qu'il recherchait l'avait-elle conduit vers un abîme sans retour ?

Alors que le crépuscule enveloppait la ville, projetant des ombres qui dansaient de manière inquiétante sur les murs anciens, Karim sentit un frisson parcourir le sol sous ses pieds. Le souffle de la ville s'accélérait. Il le conduisait à faire un choix. Allait-il terminer sa carte Anemoi, risquant son essence même à la poursuite d'une vérité insondable ? Ou se retirerait-il, s'enfermant dans la sécurité de la routine, hanté à jamais par la question de ce qui aurait pu être ? Le poids de la décision pesait lourdement sur lui, convergeant avec le pouls de la ville, le rapprochant du précipice de sa résolution.

Ce n'était pas uniquement un choix de connaissance, c'était un règlement de comptes avec la nature même de l'existence. Karim inspira profondément, laissant la chaleur de la ville remplir ses poumons. À ce moment-là, il comprit. Peut-être que ce n'était pas la destination qui importait, mais le courage d'embrasser à la fois la clarté et l'ambiguïté. Fort de cette révélation, Karim fit un pas en avant, prêt à affronter tout ce que les flots de l'inconnu pourraient dévoiler.

***

Alors que le soleil couchant projetait de longues ombres sur la médina, Karim se tenait au seuil de la ruelle cachée qu'il avait minutieusement cartographiée, le cœur battant à tout rompre en se remémorant les mots chuchotés par Selma bin Hazm. La ville respire, chaque ruelle, chaque pierre fait partie de son âme, avait-elle dit, l'exhortant à écouter attentivement. Mais alors qu'il fixait les recoins sombres du chemin faiblement éclairé, l'incertitude se mêlait à son anticipation. L'air était chargé d'une tension électrique, lourde de possibilités qui ne demandaient qu'à se dévoiler.

Ses doigts effleurèrent les bords usés de la « carte Anemoi » qu'il avait confectionnée. Témoignage vivant de son voyage à travers des souvenirs entremêlés et des réalités changeantes, chaque fragment était un morceau du passé qui avait façonné son présent. Chaque ligne et chaque courbe portaient le poids d'intentions qui, autrefois, palpitaient avec clarté, mais qui semblaient désormais l'attirer vers une tapisserie d'incertitudes qui se déployait devant lui. Il pensa au Dr Horn, cette figure énigmatique dont le destin restait un point d'interrogation obsédant. Il prit conscience que sa quête de clarté pourrait au contraire le mener plus profondément dans l'étreinte tangible de l'inconnu.

Alors qu'il avançait, l'atmosphère s'épaissit, tourbillonnant des parfums d'épices mêlés à l'essence persistante du jasmin. Karim sentit la ville changer autour de lui, suggérant que ces possibilités non écrites n'étaient pas de simples fruits d'une imagination débordante, mais des fils tangibles tissés dans le tissu même de la ville. Des échos de conversations flottaient dans l'air. Des phrases fortuites tirées de poèmes qu'il avait traduits, pleines de nostalgie et de murmures de sagesse, à la fois attirantes et désorientantes. Chaque pas qu'il faisait résonnait, non seulement contre les pierres, mais à travers les replis du temps lui-même.

Dans l'étreinte labyrinthique de la médina,

Karim sentit que toute la sagesse qu'il avait si ardemment recherchée était enchevêtrée dans l'abandon imprudent de l'écrit. Des visions du futur dansaient devant lui comme des flammes de bougies vacillantes. Des graines de potentiel languissaient, attendant que le souffle de ses choix leur insuffle la vie. Le souffle de la ville, entremêlé au sien, le poussait à avancer, aiguisant ses sens à l'équilibre délicat entre le risque et la révélation.

Pourtant, derrière l'attrait de la découverte se cachait le spectre des conséquences. Karim s'arrêta, écrasé par le poids des choix. Que se passerait-il s'il s'égarait trop loin sur ce chemin insaisissable ? Pourrait-il trouver le chemin du retour, ou l'abîme de la ville était-il prêt à l'accueillir dans ses profondeurs énigmatiques ? Les doutes s'entremêlaient dans son esprit comme des fils de soie. Chacun cherchait à le piéger, l'entraînant dans une incertitude riche en dangers et en beauté.

Il savait qu'il se trouvait au bord d'un changement radical ; poussé par la curiosité, il réalisa que les possibilités non écrites n'étaient pas seulement des chemins futurs encore inexplorés, mais le potentiel manifeste de chaque instant. La chance d'incarner le changement et de susciter la compréhension à partir des courants de l'existence elle-même. Chaque inspiration le remplissait de détermination alors qu'il s'enfonçait dans le cœur de la ville, poussé par la promesse enivrante de dévoiler son destin au milieu des couches du passé légendaire de la Tunisie.

Alors que Karim tournait au coin d'une rue, l'air s'immobilisa et la ruelle déboucha sur une petite cour où la ville semblait soupirer profondément, enveloppée dans une atmosphère d'attente. Il le sentait. Une pulsation sous ses pieds, comme si le sol sous lui était un réceptacle d'histoires inédites qui ne demandaient qu'à être racontées. Des silhouettes passaient à la périphérie de son champ de vision, des figures drapées dans le tissu sinueux de l'histoire, se faufilant à travers des espaces qu'il pouvait sentir, mais pas percevoir pleinement. À ce moment-là, le souffle de la ville devint un chant funèbre tonitruant de possibilités, dévoilant une vérité obsédante : la quête de la connaissance exige souvent plus qu'une simple compréhension ; elle nécessite de s'abandonner au chaos de la vie elle-même.

Le cœur battant au rythme du souffle de la ville, Karim fit un pas en avant. Il s'élança dans l'étreinte palpitante et terrifiante des possibilités non écrites qui s'offraient à lui, conscient désormais que chaque choix qu'il ferait pourrait fracturer la réalité ou éclairer les ombres, lui offrant un aperçu des vérités plus profondes enfermées dans le labyrinthe de l'existence.

***

Alors que Karim se tenait au bord de l'eau, le lac de Tunis scintillait sous le clair de lune déclinant, une toile agitée reflétant un cosmos à la fois familier et étrangement étranger. Il pouvait sentir le poids du moment peser sur lui, l'aboutissement de tout ce qu'il avait vécu dans les ruelles sinueuses de la médina et de la sagesse énigmatique transmise par Selma. Chaque souffle de brise, chaque écho incertain évoquait des fragments des notes de Horn, des souvenirs entremêlés aux parfums de jasmin et de sel marin lointain.

Le crépuscule l'enveloppait comme un linceul, berçant des ambiguïtés qui vibraient de vie. Il ferma les yeux, se remémorant les instructions inscrites sur ces papiers effilochés. Comment exploiter les vents métaphysiques, écouter le souffle de la ville qui inspirait des possibilités et expirait des ombres. Pourtant, plus il comprenait, plus la frontière entre réalité et illusion s'estompait, révélant des couches d'existence aussi précaires que du sable mouvant.À cet instant, son désir de résolution était en opposition directe avec le désordre de ses pensées. Devait-il faire confiance à la sagesse des vents ou céder à la peur de ce qui se trouvait au-delà ? L'illumination l'attendait-elle à la croisée de ses choix, ou la folie se cachait-elle dans les replis complexes de l'inconnu ? Le vent hurlait, une cacophonie de voix entrecoupées de rires fugaces, le bruit de son propre cœur battant à toute vitesse contre les peurs reflétées dans les profondeurs du lac.

Étourdi par l'incertitude, Karim ouvrit les yeux sur l'étendue éclairée par la lune, l'eau faisant écho à sa tempête intérieure. La convergence était presque là. Un alignement rare des forces cosmiques qui, selon Horn, semblait détenir la clé pour dévoiler des vérités voilées au-delà de la simple compréhension. Ici, il n'était qu'un cartographe tentant de naviguer dans l'insondable, de glaner une carte de l'existence à partir des étoiles et des ombres qui l'entouraient.

Poussé par le désespoir, il se retourna vers

la médina, dont les chemins labyrinthiques serpentaient comme des pensées prises dans une toile d'indécision. Chaque ruelle l'attirait avec la promesse d'une révélation, chaque coin renfermait l'écho du passé, mais il ressentait un malaise grandissant qui l'alertait. Il n'y aurait pas de réponses faciles, seulement le spectre obsédant de l'ambiguïté qui planait au-dessus de lui. Et pourtant, il s'était aventuré trop loin et trop profondément pour faire demi-tour maintenant ; il était lié au destin de la ville.

À chaque pas, sa détermination se renforçait, poussée par un fil invisible tissé à travers le tissu de la ville, le conduisant à une sorte de révélation. Les ombres voletaient parmi les étals, les voix s'entremêlaient dans une danse magnétique d'histoires à la fois consommées et oubliées. Néanmoins, malgré le chaos, il sentait un ordre sous-jacent. Une force qui le guidait vers le cœur de sa propre existence, la nature exquise et douce-amère de ce que signifiait chercher.

Alors qu'il embrassait l'ambiguïté de tout cela, Karim sentit une vague de clarté l'envahir. Peut-être que l'essence de l'existence ne résidait pas dans le caractère définitif des réponses, mais plutôt dans la beauté des questions elles-mêmes.

Un chemin sinueux entre clarté et perplexité, enchevêtrés. Avec cette pensée, il décida de plonger plus profondément dans l'étreinte de la ville, prêt à affronter les questions sans réponse. Les labyrinthes cachés qui attendaient d'être explorés et les réponses insaisissables voilées dans l'ambiguïté de l'existence elle-même.